AF282169

WIDMUNG

Den Träumen zu liebe.
Und der Vergangenheit.

Und für Tom.

ÜBER DEN AUTOR

Oliver Szymanski wurde 1978 in Dorsten in Nordrhein-Westfalen geboren. Parallel zum Abitur arbeitete er bereits ab 1995 als Selbstständiger im IT-Bereich. Er hat als Wehrpflichtiger den Dienst seit 1997 in einem Nato-Fernmelderegiment geleistet. Begleitend zu seiner Tätigkeit als IT-Consultant begann er 1998 Kerninformatik an der Universität Dortmund zu studieren. Seit 2000 ist er als IT-Consultant angestellt und arbeitet heute international als Dipl.-Inform. für Unternehmen als Trainer und Berater. Privat skatet und snowboarded er gern, mag Kinogänge und Rollenspiele. Bereits seit dem 12. Lebensjahr schreibt er Geschichten in seiner Freizeit, die zwar in sich abgeschlossen sind, aber bedeutsame Facetten eines eigenen Universums widerspiegeln. Über die Jahre hinweg ist er dazu übergegangen statt der anfänglichen Kurzgeschichten vollständige Romane zu verfassen.

OLIVER SZYMANSKI

LIEBESAKT

WHODUNIT

Bibliografische Information Der Deutschen Bibliothek:
Die Deutsche Bibliothek verzeichnet diese Publikation
in der Deutschen Nationalbibliografie; detaillierte
bibliografische Daten sind im Internet über
<http://dnb.ddb.de> abrufbar.

© 2007 Oliver Szymanski, Alle Rechte vorbehalten
Umschlaggestaltung: Oliver Szymanski
Herstellung und Verlag: Books on Demand GmbH, Norderstedt
ISBN-13: 978-3-8370-0551-6
Informationen zum Roman im Internet unter:
<http://www.oliver-szymanski.de>

DANKSAGUNG

Ich danke allen, die ein Buch in die Hände nehmen und es lesen, auch wenn es nicht immer das richtige sein mag. Denn jedes niedergeschriebene Wort will vernommen werden, wie eine aufgestaute Energie, die sonst den kritischen Punkt erreicht.

PROLOG

Das Stöhnen erfüllte den Raum, ihr Atem peitschte durch die Leere wie ein Feuer, das alles verbrannte. Ihr Körper war gespannt und voller Schweiß, ihr eigener wie die anderen. Sie atmete laut und rhythmisch, schlug nackt wie sie war immer wieder unwirsch mit dem Becken abwärts den harten Schwanz des Mannes unter sich schroff in sich hinein, ihre runden Brüste wie die Früchte Edens über seinem Thorax schwebend und heftig schwingend diesen mit den Knospen streichend. Sie brachte ihn zum Keuchen mit ihren schnellen Bewegungen, er hatte die Arme nach hinten gelegt und ließ seine Hüfte schwungvoll kreisen. Ihr Tempo nahm zu, und mit jedem Ausholen ihres Beckens für den nächsten Stoß rammte sie den anderen Schwanz hinter sich in ihr Hinterteil, spürte das analoge Keuchen des zweiten Mannes an ihrem Ohr, der halb auf ihr kniete und sie fest gepackt an Schulter und Haar hielt. Ihr Stöhnen wurde zu haltlosem Schreien, als beide anfingen sie gleichzeitig im Takt zu nehmen.

1. DIENSTAG

Der alte Mann in der abgenutzten Windjacke sah über die Häuserfassaden der Brückstrasse in der Dortmunder Innenstadt und ließ den Blick über die Leuchtreklamen und die Passanten schweifen. Er stand mit dem Rücken nach Norden, selbst in Richtung des Kerns der Stadt gerichtet.

Dort lag das neue Konzerthaus, dass seit wenigen Jahren fertig gestellt war. Er konnte sich gut an die alten Zeiten erinnern, die Brückstrasse gehörte zu den urbanen Szenevierteln mit einem verdienten schlechten Ruf, in seinen jungen Jahren hatte er hier oft Ärger eindämmen müssen. Jetzt hatte sich die Strasse wie er selbst hochgearbeitet, vom Drogenviertel und Rotlichtmilieu zu einer trendigen Einkaufsgasse mit dem Ansinnen auf Kultur. Im Gegensatz zu dem Rest der Dortmunder Innenstadt bildete das Viertel um die Brückstrasse das einzig erhalten gebliebene Straßennetz aus der Vorkriegszeit.

Der alte Mann wirkte vor allem in dieser modernen Umgebung alt, dabei spürte er noch deutlich Leben in sich. Er stand vor der Pensionierung, aber darauf war er weder gespannt noch darüber erfreut. Alles in allem liebte er seinen Beruf zwar keineswegs, aber es war eine Aufgabe, und Aufgaben im Leben sind wertvoll. Ohne Aufgaben kann sich ein Mensch nicht definieren, dies entsprach seiner Auffassung der Realität und deren Sinn. Heute bot ihm sein Beruf erneut eine Aufgabe, sinnierte er, bei dem Anblick der Straßenkulisse in Erinnerungen schwelgend und den Pappkaffeebecher zum Mund führend. Latte Machiatto. Auch so ein neumodisches Zeug, nicht so wie der gute alte deutsche Kaffee, der immer mehr aus der Welt verschwand.

In den Anfangsjahren nach seiner Ausbildung war er von der Polizeischule häufig hier im Streifendienst unterwegs gewesen, wenngleich seine Kollegen und er meist in gebotener Distanz zu dem gefährlichen Viertel ein Pöstchen gesucht hatten. Dabei war ein Pöstchen einer der Orte, an dem man eine Schicht aushalten konnte. Folglich etwas gemütliches sicheres. Nicht gerade die Brückstrasse selbst, nicht damals. Was er heute sah, wich stark von seinen Erinnerungen ab. Zwar gab es noch immer den Kiosk, Imbissbuden und durch unscheinbar wirkende Eingänge versteckte Bordelle, aber alles wirkte, nun, er mochte die Bezeichnung *Touristenfreundlicher*. Man musste nicht mehr Angst um seine Gesundheit und sein Leben haben. Lange her, dass man jemanden in der Brückstrasse ermordet hatte. Gut, vor vier oder fünf Jahren war in der Parallelstrasse tagsüber ein Anwalt erschossen worden, aber dies hatte nichts mit der früheren Kriminalität zu tun. Außerdem, es war ein Anwalt.

Heute war dieser Trend gebrochen. Von der Seite ertönte eine bekannte rauchige Stimme: »Henricksen, kommst Du mit hoch?«

Henricksen drehte sich und setzte den Kaffeebecher wieder ab. Mit der freien linken Hand, die bereits anfing Altersflecken zu tragen und leicht trocken zu wirken, wischte er sich über den Mund und verteilte wenige Tropfen des neumodischen Gebräus in seinem vor Jahren ergrauten Bart. Er überlegte seit den ersten hellen Haaren vor langer Zeit ihn abzurasieren, hatte es aber nie über das Herz gebracht. Wer wusste schon, ob seine Frau ihn danach erkennen würde? Zumindest passte der Bart, mit dem diese Alterserscheinung begonnen hatte, mittlerweile farblich zu seinem lückenhaften dünnen Kopfschmuck. Seine kantige Nase zog einen tiefen Hauch der angenehmen und erfrischend kühlen Dortmunder Sommerluft ein, und er nickte dem Streifenpolizisten zu, einem kaum jüngeren Kollegen, den er bereits seit vielen Jahren beruflich kannte. Sie gingen zur östlichen Häuserfront der Brückstrasse zu einer hölzernen Doppeltür zwischen einem Kiosk und einer

Dönerbude die offen stand, aber von einem weiteren Uniformierten bewacht wurde. Die Doppeltür war massiv und sehr hoch. In einer der Türhälften war ein geschlossenes Guckloch, eines dieser eckigen Fenster, die man von innen öffnen konnte um Neuankömmlinge erst einmal zu betrachten. Ein Überbleibsel von früheren ansässigen Etablissements urteilte Henricksen. Er konnte beurteilen, was sich hier in den vergangenen Jahrzehnten alles zugetragen hatte.

Hinter den Türen lag eine helle Marmortreppe, ca. zwei Meter breit, die nach oben führte. Janusch, der Streifenpolizist, der Henricksen auf der Straße angesprochen hatte, ging vorweg. Am Ende der Treppe, sie war vielleicht vier Meter hoch, ging rechts eine Tür ab, die laut Aufschrift zu einer Diskothek zu führen schien. Sie war geschlossen und hatte lange Jahre nicht mehr offen gestanden. Geradeaus war eine Glasrennwand inklusive Glastür, an der Mauer links Briefkästen. Janusch presste eine der Klingeln neben der Glastür und drückte die Tür auf, als ein leises Surren ertönte. Sie kamen in ein weiteres Treppenhaus mit einer alten Holztreppe, die sich eng empor schlang, und dreckigen Wänden, die nicht nur dringend neue Farbe sondern den Rissen nach zu urteilen ebenso dringend eine Renovierung bedurften. Diese Treppe stiegen sie weitere zwei Etagen hinauf, auf jedem Stockwerk gab es jeweils eine schlichte graue Holztür mit Spionloch, die in Richtung der Strasse lag.

Henricksen folgte mit dem Blick weiter der Treppe entlang. Janusch, der dies sah, beugte einer Frage mit seiner Antwort vor: »Oben ist eine weitere Wohnung. Steht momentan leer. Unten wohnt das Ehepaar, welches uns angerufen hat. Hier sind wir richtig.«

Auf Henricksens Zeichen hin öffnete Janusch die angelehnte Wohnungstür und trat ein, Henricksen trat ihm nach. Diese Tür befand sich am Ende der Längsseite eines langen Flures, der nach links parallel zur Brückstrasse verlief, vielleicht dreizehn Meter lang schätzte Henricksen. Zusätzlich zur Tür durch die sie eingetreten waren gab es fünf weitere, zwei auf derselben Seite drei auf der anderen zur Fußgängerzone hin. Ganz am Ende trennte ein Vorhang einen Teil des Flures ab, dieses Stück wurde als eine Art Abstellkammer benutzt und beherbergte die Putzutensilien und den Staubsauger. Henricksen seufzte, jetzt ging die Arbeit los.

»OK, morgen brauche ich einen Plan der Dreckswohnung. Besser sogar gestern.«

Er sagte dies zu sich selbst. Der Flur war weiß gestrichen, auf der Seite zur Strasse waren jeweils beige Baustellenlampen über den Türen angebracht, diese ovalen Leuchten mit dem weitmaschigen Gitter darum. Sie schienen den Bewohnern zu gefallen.

»Klär mich auf.«

Janusch grinste um die Stimmung aufzulockern und antwortete aus seiner üblichen rauchigen Kehle: »Muss vor etwas mehr als drei Stunden passiert sein, also 21 Uhr 10, als die Dame von unten einen undefinierbaren Schrei und einen Schuss hörte. Sie hat die Polizei verständigt und sich über ihre Nachbarn hier oben beschwert, ist wohl eine Studenten-WG. 40 Sekunden später traf ein zweiter Anruf ein, gleiche Meldung über einen vernommenen Schrei und Schuss, angeblich ein Passant. Der unbekannte Anrufer legte aber wieder auf, bevor er nach seinen Personalien gefragt werden konnte. Soll eine weibliche Stimme gewesen sein. Mein

Kollege und ich sind zur Überprüfung her, Ankunft 21 Uhr 20. Niemand hat reagiert als wir geklingelt und geklopft hatten. Die Nachbarin hat mehrfach geschworen, dass es ein Schuss gewesen ist, klang aber nicht unbedingt glaubhaft, eher verwirrt. Wir haben den Schlüsseldienst bestellt und gewartet, als um 21 Uhr 35 einer der Bewohner eintraf, Name Richard Krüger. Er war reichlich überrascht uns hier zu treffen. Er hat uns aufgeschlossen und hinein geführt. Erst in den gemeinsamen Wohnraum, hier die Tür gegenüber, danach in den Raum seines Mitbewohners, der zweite Raum den Gang entlang rechts. Dort haben wir das Opfer Tom Baumgartner aufgefunden und sofort den Notarzt verständigt, Ankunft 21 Uhr 48. Seit dem Fund des vermeintlichen Opfers wartete Krüger im Treppenhaus von meinem Kollegen bewacht. Als weitere Kollegen um 22 Uhr eintrafen habe ich in runter eskortieren lassen, die Kollegen halten ihn in ihrem Wagen fest.«

Janusch brach mit seinem Bericht ab und stand unschlüssig im erleuchteten Flur, die Uniform mit seiner Leibesfülle stopfend. Henricksen dagegen war für sein Alter erstaunlich gut in Form, zwar nicht mehr perfekt schlank, aber durchaus in der Silhouette gut erhalten.

»War die Tür zu dem Toten geschlossen?«

»Nein, sie stand offen.«

»Hat der Mitbewohner sich bereits geäußert?«, fragte Henricksen mit beruflicher Aufmerksamkeit.

»Er hat über die letzten zwei Tage einen Freund in seiner Heimatstadt besucht und ist mit dem Zug um 21 Uhr 25 am Hauptbahnhof eingetroffen. Danach kam er direkt zu Fuß zur Wohnung, ist ja nicht weit vom Bahnhof. Er schien sehr aufgelöst und verwirrt und konnte sich nicht weiter zu dem

Vorfall äußern. Danach haben wir ihn lediglich nach seinen Personalien befragt. Er ist 23 Jahre alt und studiert wie das Opfer an der Dortmunder Uni Informatik.«

Man merkte Janusch die einstudierte Monotonie seines Jobs an. Für ihn lief alles nach Schema F, nach festen Regeln. Dabei war Gewohnheit der mörderische Faktor in diesem Beruf.

»Beide studieren gemeinsam?«, forschte Henricksen gewissenhaft nach.

»Das nehme ich an.«

»Gut«, Henricksen blickte auf seine Armbanduhr, ein schlichtes silbernes Modell mit verspielten Zeigern, das sicherlich eine gewaltige Preisspanne zwischen Herstellungskosten und Kaufpreis aufwies, »jetzt haben wir halb eins. Wie kommen wir mit der Arbeit voran?«

Es war deutlich, dass er sich bei *wir* nicht mit einschloss, denn seine Arbeit hatte erst begonnen. Janusch verstand sein Ansinnen auf Anhieb: »Der Gerichtsmediziner ist beinahe mit der Voruntersuchung fertig, Du kannst ihn sicherlich direkt sprechen, damit wir danach die Leiche abtransportieren lassen. Die Spurensicherung hat einige der Räume bereits geprüft, im Zimmer mit der Leiche haben sie noch nicht angefangen. Ich schätze, die brauchen einige Zeit bis sie fertig werden.«

Henricksen setzte sich in Gang, »Gut, wo ist denn der alte Fritz, bringen wir das hinter uns. Danach will ich diesen Richard Krüger sprechen, lass ihn schon mal zur Wache bringen. Das verschafft der Spurensicherung mehr Zeit. Die haben eine nette Nachtschicht vor sich.«

2.

Gedanken an seinen Freund bohrten sich in Richard, während der unbequeme Streifenwagen den Studenten durch die Dortmunder Straßen in schleichendem Tempo zur Polizeiwache brachte. Die Flut der Großstadtlichter schien durch die Scheiben, und das flackernde Wechselspiel der Farben stimulierte seine rückblickende Phantasie. Tom war seit langer Zeit ein Freund gewesen. Vielleicht der so genannte beste Freund, aber Richard vermied solche Formulierungen, für ihn war ein Freund ein Freund. Und da er ohnehin keine so riesige Anzahl an Menschen als Freund bezeichnete, fand er nicht, dass weitere Klassifizierungen notwendig waren. Seine Definition von Freund war ein Mensch zu dem man absolut loyal ist und dem man uneingeschränkt Vertrauen kann, der Hilfe anbietet sowie gibt wenn sie benötigt wird, und für den diese Regeln auf Gegenseitigkeit beruhen. Tom war sein Freund.

Gemeinsam hatten sie die weiterführende Schule besucht, aufgrund unterschiedlicher Interessen nur teilweise in denselben Fächern, sich jeweils bis zur bestandenen Abiturprüfung geboxt. Privat hatten sie oft die Zeit miteinander verbracht, der sportliche Tom bevorzugte dabei immer Aktivitäten an der frischen Luft wie Fußball und dergleichen, Richard hingegen Computerspiele und Filme. Thematiken, die letzteren mehr bewegten. Für den damals übergewichtigen Richard, der sich seines Körpers eher schämte und ihn unter dichter Kleidung zu verstecken suchte, hoffend dass andere nichts bemerkten und ihn vielleicht doch für schlank hielten, waren sportliche

Unternehmungsgeister ein Gräuel. Dennoch hatte sie eine Freundschaft verbunden. Gerade jetzt stieß Richard auf die Frage, wieso es überhaupt jemals dazu gekommen war.

Tom war gut aussehend, ein Stück größer als Richard, hatte kurzes schwarzes Haar, einen muskulösen durchtrainierten Körper. Optisch besaß er einen leicht südländischen Einschlag, dabei war Richard völlig unbekannt woher in Toms Familienstammbaum dieser stammen konnte. Er hatte kantige Gesichtszüge, fast immer ein verschmitztes Lächeln, das bei den Mitschülerinnen auf erotisches Interesse gestoßen war. Zumindest kam dies Richard immer – unter Eifersucht und Neid – so vor. Richard war allzeit neben Tom verblasst, man hatte ihn nicht gesehen, nicht bemerkt. Trotzdem genoss er die Nähe zu seinem Freund, wenn sie ihn auch immer wieder schmerzlich daran erinnerte, wer er selber war. Eine Randperson. Überflüssig. Ein fetter Koloss. Teilweise Spitznamen, die Richard hatte erdulden müssen.

Tom war ein perfekter Sportler. Er war in mehreren Vereinen, nahm an Turnieren teil, wobei Richard stets bemüht versuchte die vielen Pokale in Toms Zimmer im Elternhaus zu übersehen. Richard besaß nicht einen. Er schaffte es bei den Bundesjugendspielen nicht einmal geradeaus zu werfen, was dazu führte, dass seine Würfe nicht gewertet wurden, null Punkte. Dabei war es bei Richard eine tiefe Unsicherheit, welche zu der Unfähigkeit führte, die ihn immer hatte versagen lassen.

Ja, Tom. Jetzt ein Leichnam, tot im Zimmer der Studentenwohnung. Damals viele wechselnde Freundinnen, die er mit seinen tiefen braunen Augen beeindruckt hatte; Mädchen die anzusprechen Richard sich niemals getraut hätte. Trotz allem verstanden sie sich prima. Bis vor ein paar Monaten, als sich so viel änderte.

3.

»Sie heißen Richard Krüger?«

Strahlende blaue Augen bohrten sich in die braunen allwissend wirkenden des Polizisten, Augen die der Wahrheit symbolisch so nahe kamen.

»Richard Krüger, 23 Jahre alt, geboren in…«

Henricksen kannte die Kunst Menschen zu irritieren, »Ich weiß. Sie müssen Ihre Personalien nicht herunterleiern, dass können wir uns schenken. Möchten Sie etwas trinken, Herr Krüger, Kaffee vielleicht?«, letzteres fragte er freundlich.

»Ist nicht der beste, unser Kaffee hier, aber er hält wach. Frisch gebrüht. Es gibt ständig jemanden in der Nachtschicht, der eine neue Kanne aufsetzt. Ich wurde nach Feierabend so spät in der Nacht gerufen, jetzt brauche ich Kaffee, damit der Schlaf weicht.«

Der junge Mann schüttelte den Kopf und seine leicht gegelten Haare machten jede Bewegung ohne einen Ausrutscher mit. Wenn man das Gel abzog, waren die Haare wahrscheinlich hellbraun, so wirkten sie eine Nuance dunkler. Egal wohin Henricksen während des Gespräches blickte, er nahm stets jede Bewegung seines Gesprächspartners auf, ihn scharf analysierend mit der Hilfe vieler Jahre der beruflichen Erfahrung.

»Mein Magen verträgt Kaffee in den meisten Fällen nicht.«

Die Stimme trug noch die Art von jugendlicher Dynamik, welche Henricksen selbst allmählich fehlte. Der Ermittler bat den im Türrahmen wartenden Beamten um eine Tasse, dieser nickte freundlich. Es war keine dienstliche Anweisung, nur ein Gefallen. Henricksen ließ sich mit einem leichten Seufzer in den Bürostuhl gleiten, er wusste bereits jetzt, wie sehr sein Rücken später schmerzen würde, diese Stühle waren wirklich das letzte. Aber woher sollte das erforderliche Budget für eine für die Gesundheit stimmige Ausstattung stammen? Zumindest sein heutiger Gast würde dessen Stuhl nicht quälen. Der junge schlanke Student – für Henricksens begriffe deutlich zu hager – vor Henricksens Schreibtisch konnte sicherlich einige Zeit hier sitzen ohne dass dies so problematisch wie für Henricksens Rücken wurde. Seine Frau riet ihm immer sich wärmer anzuziehen. Wenn es nur dergleichen einfach wäre.

»Herr Krüger, ich muss Sie mehrere Dinge fragen. Sollten Sie das Gefühl bekommen sich selbst mit den Antworten zu belasten, rate ich Ihnen einen Anwalt zur Rate zu ziehen.«

Henricksen schlug ein Notizbuch auf und öffnete die linke Schublade des alten Holzschreibtisches um einen Stift zu ergreifen. Mit handschriftlichen Notizen konnte er zügig arbeiten, statt die Tasten auf der Computertastatur zu suchen. Er hatte Richard genau gemustert, dem er ansah, dass er angestrengt versuchte einen emotionslosen Gesichtsausdruck zu waren. Als Richard Krüger den Mund öffnete um etwas zu erwidern, redete Henricksen direkt weiter: »Womit ich keine Verdächtigungen andeuten möchte. Das sage ich jedem. Immerhin ist noch alles offen.«

Er nahm die Tasse von seinem Kollegen entgegen und trank einen Schluck. Zeit seines Lebens verband ihn eine

Hassliebe mit diesem Getränk. Krüger verschränkte ein Bein über das andere, seine gewollt zerrissene Jeans tauchte dabei knapp oberhalb der Schreibtischplatte auf. Die Jugend von heute. Immer locker. Überhaupt war sein Gegenüber recht modisch gekleidet, zumindest soweit Henricksen dies anhand von Zeitungen, den Jugendlichen auf den Strassen und dem Fernsehen beurteilen konnte. Während Henricksen, der seine Jacke über den Stuhl gehängt hatte, in seiner grauen Cordhose und dem schlecht sitzenden Wollpulli noch ein wenig älter wirkte, trug der Mitbewohner des Toten einen schwarzen figurbetonten Pulli mit irgendeinem kleinen, dezenten aber deutlich wirkenden Designerlogo und darunter ein zur Hose konvenables blaues Poloshirt mit hochgeklapptem Kragen.

Henricksen begann das Gespräch, er mied bewusst den Ausdruck Verhör. Und mit seinem lange Jahre trainierten Gedächtnis – gestützt von seinen Notizen – nahm er jedes Detail des Gespräches auf.

4.

Richard erinnerte sich unvollständig an die Konservation. Er hatte sich schon immer an die Prämisse gehalten, Unwichtiges auszublenden und sein Erinnerungsvermögen damit nicht zu belasten. Wie hätte er auch einschätzen können, welche Worte alle wichtig waren? Für ihn blieben lediglich prägnante Stellen der ihm ewig vorkommenden, stundenlangen Befragung erhalten: »Waren Sie über den Plan Ihres Freundes Selbstmord zu begehen informiert?«

Richards empfindlich gewordener Magen bäumte sich auf, und er schaute gequält und erschrocken auf.

»Er hat Selbstmord begannen?«, rief er mit entsetzter Miene. Henricksen blieb kühl: »Bitte antworten Sie auf meine Frage, wussten Sie von seinem Plan?«

Richard schüttelte still den Kopf und schaute zu Boden. Henricksen bohrte nach: »Sie hatten keine Ahnung?«

Richard schaute wieder auf und blickte in die tiefen Augen des Polizeibeamten. Er übersah die Augenringe und die faltige Stirn: »Nein. Er hat sich umgebracht?«

»Das habe ich nicht gesagt.«

Jetzt war es an Richard mit einem bislang nicht vorhanden gewesenem Analyseblick über den Ermittler zu schweifen und mit mathematischem Kalkül die letzten Dialogsätze aufzulösen. Er nickte, was Henricksen überrascht zur Kenntnis nahm, aber Richards Erklärung folgte: »Wir haben in letzter Zeit nicht viel miteinander gesprochen, eher aneinander vorbei gelebt. Ich war mit meinen Prüfungen ausgelastet und habe viel gelernt. Ich dachte es lag an mir, dass er weniger redselig war. Vielleicht war er aber depressiv, dass würde ebenso Sinn machen. Ich hatte keine Ahnung. Ich kann mir aber kaum vorstellen, dass er ernsthaft darüber nachgedacht hat sich vom Leben zu trennen. Was führt Sie zu der Annahme?«

Henricksen blieb bewusst karg: »Mehrere Indizien.«

Richard gab sich damit zufrieden, er wusste, dass er hier keine Antworten bekommen würde. Seine Augen schillerten traurig: »Aber heute Nacht hat er sich nicht getötet?«

»Mit an Sicherheit grenzender Wahrscheinlichkeit nicht.«

»An Sicherheit grenzender Wahrscheinlichkeit«, murmelte Richard. Er war Mathematiker, und diese

Formulierung barg gewisse mathematische Unsicherheiten. Und Unzulänglichkeiten gaben einem Mathematiker keine Befriedigung. Richard ging über den Makel hinweg: »Aber es war kein Unfall.«

Henricksen schaute bei Richards letzter Bemerkung zur Seite und griff erneut nach dem Kaffee. Ihm entging jedoch nichts: »Wie kommen Sie darauf? Haben Sie eine Vermutung oder dergleichen?«

Richard legte den Kopf schräg und seine Lippen wurden schmaler, wie ein Zeichen, dass man ihn nicht für dumm verkaufen sollte: »Ich habe Tom zusammen mit Ihren Polizisten gesehen. Das war kein Unfall.«

Richard erinnerte sich daran, wie er dem Ermittler erklärt hatte, dass Tom und er unterschiedliche Fachrichtungen hatten, während er selbst Mathematik studierte, widmete sich Tom seit dem Abbruch der Elektrotechnik den Sprachwissenschaften, unbekannt mit welchem späterem Ziel. Richard legte offen, dass er selbst mit Domainrechten im Internet und an der Börse eine ordentliche Summe Geld verdient hatte und finanziell abgesichert war. Die Erwähnung von Domainrechten zog eine langwierige Erklärung mit sich, da Henricksen das Verständnis fehlte, dabei ging es doch nur um Internetadressen, die er angemeldet und die ihm Firmen abgekauft hatten, weil die Adresse zum Beispiel ihren Firmennamen darstellte oder besonders für sie geeignet war. Damit hatte er zum Teil unglaubliche Summen eingenommen.

Es war bereits früher Morgen, als das Gespräch beendet war und Richard nach Hause konnte. Vielleicht hätte er auch früher auf einen Abbruch bestehen können, aber er hatte die Befragung fügsam geduldet. Ein Polizist begleitete ihn zum

Ausgang des Präsidiums, und Richard nahm die nächste Straßenbahn zur Reinoldikirche, von da aus ging er zu Fuß über die Kampstrasse zur Brückstrasse zu der gemeinsamen Wohnung, die er fortan allein bewohnen würde.

In der Wohnung suchte er rasch sein eigenes Zimmer auf und durchwühlte sämtliche Schränke, aber was er suchte war unauffindbar.

5. DONNERSTAG

Ein Tag war ins Nichts vergangen. Aus Richards Sicht gab es keine Geschehnisse am Rest des Dienstages und am Mittwoch. Er hatte mit dumpfem Kopf trübsinnig im Wohnzimmer gehockt, dankbar niemand anderem jetzt Erklärungen zu schulden. Seine Eltern waren verreist, und Tom besaß keine nahen Angehörigen, die hier anrufen würden um sich zu erkundigen. Toms Eltern waren bereits vor Jahren bei einem Autounfall umgekommen.

Der Brief wartete auf Richard, nachdem jemand das vom Umschlag verhüllte Papier eingeworfen hatte. Handschriftlich auf Richard Krüger adressiert, keine Briefmarke, kein Stempel. Der schlenderte wieder die Treppe hinauf in seine Wohnung und begab sich in die Küche, die letzte Tür am langen Gang links. Die Küche war ein geräumiger Raum, den sie oft genutzt hatten wenn Freunde vorbei gekommen waren, es gab eine Sitzecke hinten links in dem langen Raum, bestehend aus einem kleinen Sofa und einem Sessel. Hinten rechts befanden sich die Küchenschränke samt Herd, Spüle sowie Kühlschrank und vorn am Eingang zum Raum, eine Esstischecke. Sofa und Sessel waren altmodisch und aus dunkelbraunem Leder, das sichtlich gelitten hatte, die Küchenschränke weiß, billige Modelle aus einem Baumarkt, die Esstischecke aus hellem Holz, dazu passend eine Kommode. An der linken Wand gab es eine kleine Nische in dem sie günstigen Wein lagerten, und das Prunkstück der WG befand sich vorn rechts in der Raumecke, der Bierkühlschrank. Dabei handelte es sich um einen dieser hohen und breiten Kühlschränke, die massig Platz benötigen. Sie hatten stets verantwortungsvoll Sorge getragen, ihn gefüllt zu halten – und natürlich rechtzeitig zu leeren, damit die Mindesthaltbarkeitsdaten nicht überschritten wurden.

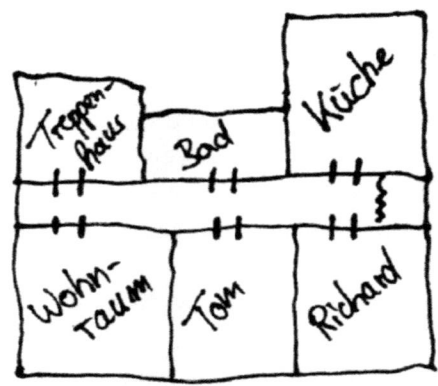

Richard schlenzte an den Kühlschrank, griff ein großes Glas mit einer milchähnlichen Flüssigkeit hinaus, ging weiter zu der Couch und ließ sich nieder. Er nahm einen Schluck und lächelte gezwungen. Es schlug 10 Uhr, und er war vor kurzem aufgestanden. Nicht wach geworden. Geschlafen hatte er nicht, maximal ein wenig gedöst. Er hatte den Tag im Wohnzimmer der WG verbracht, vorn gegenüber vom Eingang, hatte immer wieder an der großen Erkerfensterfront gestanden und auf die betriebsame Brückstraße gestarrt, zwischendurch mit offenen Augen auf dem Sofa gelegen oder sinnlos und ohne Aufmerksamkeit auf das flimmernde Fernsehbild gestarrt.

Nachdem er das Tageslicht nicht länger hatte ignorieren können, war er in der nicht gewechselten Kleidung des gestrigen Tages das Treppenhaus hinunter geschlichen – er hatte zwar nichts zu verbergen, aber es war seine lang angewöhnte Art sich still und unauffällig zu verhalten – um nach der Post zu sehen. Erwartet hatte er nichts. Wie üblich verbrachte er den Morgen auf der Couch, auf die schwappenden Bewegungen der Flüssigkeit in dem Glas starrend. Mit dem Unterschied, dass Tom diesmal nicht wie regulär nach dem Aufstehen extrem wortkarg und bärbeißig erscheinen würde. Wie in den letzten Wochen, wenn Richard in stiller Freundschaft beobachtete, wie Tom sich großzügig an den Kühlschrankinhalten bediente und das leckere Essen in sich hinein schaufelte, während Richard sein Glas schwenkte. Tom hatte immer Hunger gehabt. Er stopfte Nahrung in sich hinein, stets auch zwischen den üblichen Mahlzeiten, sein sportlicher Körper, der stets dabei war alle zugegangenen Materialien zu verbrennen, brauchte Unmengen an Nahrung, mehr als der beinahe ebenso hungrige Richard jemals hätte verspeisen können.

Richards Magen knurrte und zog sich zusammen. Er schloss die Augen, presste die Lider und öffnete sie. Mit einem weiteren Lächeln, mit dem er als Einziges den

Ausspruch seines Magens kommentierte, öffnete er den Brief, bei dem kein Absender angegeben war.

6.

Henricksen gähnte, als seine Finger die Kaffeekanne ergriffen und die braune dampfende Flüssigkeit in eine bereits innen verblichene weiße Tasse mit der Aufschrift *Von Deiner zukünftigen Exfreundin* schüttete. Den individuellen Behälter hatte er vor der Hochzeit von seiner Frau erhalten und stets auf der Arbeit zusätzlich zu diversen anderen Tassen genutzt.

»Henricksen, Sie sind ja schon wieder auf den Beinen.«

Henricksen erkannte die kernige Stimme seiner Vorgesetzten Marta Schubert ohne sich umzudrehen, er hob den linken Arm und machte mit der freien Hand eine winkende Bewegung, die soviel aussagte wie »macht nichts«.

»Und was denken Sie über den Vorfall in der Nacht?«

Der alternde Ermittler nahm einen tiefen Schluck und drehte sich erst danach zu ihr um. Sie setzten sich gemeinsam an den Campingtisch in der Kaffeeküche, und er nahm einen weiteren Schluck, bevor er antwortete: »Der Mitbewohner hat ihn umgebracht.«

Sie nickte. Die Frau, nur wenige Jahre jünger als Henricksen, aufgedunsenes aber sympathisches Gesicht, schulterlanges kastanienbraunes Haar mit grauen, bald wieder zu färbenden Ansätzen sagte nichts. Sie wusste aus Erfahrung, dass sie von Henricksen mehr erfahren würde, wenn sie nicht fragte sondern zu hörte. Es dauerte einige Sekunden. Es gibt Menschen die man einfach reden lassen muss, selbst wenn sie schweigen.

»Das Opfer hätte ohnehin Selbstmord begannen. In der Nacht. So hatte er es geplant. Wir haben Abschiedsbriefe gefunden und alle notwendigen Utensilien für seinen Plan. Der hatte sich bereits alles zusammengelegt. Das war seine letzte Nacht, wahrscheinlich wären es seine letzten Stunden geworden. Aber sein Mitbewohner hat ihn umgebracht.«

Er schlürfte geräuschvoll, und sie strich mit einer Hand ihr Haar zurück aus der Stirn. Ihre Nase vernahm einen Hauch von Schweißgeruch, und sie begann zu zweifeln, ob Henricksen in dieser Nacht überhaupt noch nach Hause gefahren war. Es war auch dieselbe Kleidung, die sie an ihm bereits gestern gesehen hatte. Er hatte eine Fährte aufgenommen, das erkannte sie deutlich.

»Wir haben keine Beweise gegen ihn in der Hand. Aber das ist nur eine Frage der Zeit.«

Er war sich sicher. Das war ein gutes Zeichen, Henricksen hatte ein ausgezeichnetes Gespür was seinen Job anbelangte. Wenn er sich sicher war, dann kannte er den Täter. Bei dem geringsten Zweifel würde er niemals so reden. Aber er war ohne Unterlass auf den Beinen, es gab folglich mindestens einen Faktor, der ihn nicht zur Ruhe kommen ließ. Sie war gespannt, aber sie wusste, es ging alles schneller, wenn sie nicht fragte. Sein Schlürfen war irritierend, manchmal fragte sie sich, ob er es sich angewöhnt hatte, um im Verhör den Befragten aus dem Konzept zu bringen. Bei ihr gelang es. Ihr fiel beim Zurückstreichen der Haare eines auf, das sich gelöst hatte, jetzt auf ihrer Hand lag, und sie erkannte mit Erschrecken den grauen Ton. Oh nein, sie musste dringend wieder färben. Sie nahm sich vor noch heute einen Termin abzusprechen. Jeder hat seine Sucht. Langsam und bedächtig setzte der Ermittler die Tasse auf dem Plastiktisch ab.

»Ebenso fehlt noch ein Motiv, aber da ist etwas über ihn und das Opfer, das er verbirgt. Das Motiv zu finden ist nur eine Frage der Zeit.«

Die braune Flüssigkeit rann seine Kehle hinunter – allmählich musste die Tasse doch leer sein.

»Er hat kein Alibi?«

»Nein, er ist angeblich mit dem Zug zurück nach Dortmund gekommen. Er hatte einen Freund besucht. Letzteres stimmt auch, bei der Zugfahrt wird es schwieriger. Als Student darf er mit seinem Studiumsausweis mit der Bahn fahren, und er hat somit keine Fahrkarte. Dazu kommt, dass es eine schnellere Zugverbindung gegeben hat, mit der er bereits gegen 20 Uhr 40 angekommen wäre, rechzeitig genug. Er nahm diese nach seiner Aussage nicht, weil man dabei öfter umsteigen muss. Auf den Bahnvideos ist zwar jemand um 21 Uhr 25 zu sehen, der Ähnlichkeiten aufweist, aber nicht deutlich, ebenfalls nicht direkt bei dem entsprechenden Zug. Die Videos bestätigen demgemäß weder, noch widerlegen sie etwas.

»Was mir wirklich Kopfzerbrechen macht ist, warum man jemanden ermordet, der ohnehin Selbstmord begehen wird.«

Sie schaute auf seine Hände, die hilflos wirkend die Kaffeetasse drehten und konnte eine Bemerkung nicht unterdrücken: »Der Täter wusste es einfach nicht.«

Henricksen starrte sie lange an, direkt in die Augen. Sie sagte nichts mehr. Sein Blick schien vorwurfsvoll, als wenn sie etwas sehr dummes gesagt hatte. Er nahm einen letzten Schluck aus der Tasse und stellte sie leer ab.

»Nein, der Mörder wusste es. Es gibt Fakten, die beweisen, dass der Mörder definitiv vor dem Mord wusste, das sein Opfer in Kürze Selbstmord begehen würde.«

Er begann die Tasse erneut zu füllen.

7.

Hi Richard,

ich hoffe Dich erreicht dieser Brief persönlich. Sicherlich weißt Du bereits, was in Deiner Abwesenheit geschehen ist, aber es mangelt an Erklärungen. Ich bin es Dir schuldig alles zu beleuchten. Trotzdem ist es nicht leicht. Lange habe ich an dem Text geschrieben, Stellen gestrichen und hinzugefügt um sie erneut zu streichen, Wörter ausgetauscht. Daraus ist der Text entstanden, den Du in Händen hältst.

Es ist lange her, dass wir richtig miteinander geredet haben. Viel ist passiert, das weißt Du selber. Wir sind beide nicht mehr die Personen die wir waren. Du würdest sagen, das kann man jeden Tag im Vergleich zum vorherigen behaupten, Du denkst einfach zu systematisch. Ich erinnere mich gut an Deine Worte, auch wenn Du glaubst, dass ich oft nicht zugehört habe. Ich will niemandem die Schuld für das, was zwischen uns steht, geben. Auch nicht für das, was nicht mehr zwischen uns steht. Dass Menschen sich ändern ist ein stetiger Prozess. Ich weiß nicht einmal wer von uns die größere Entwicklung durchgemacht hat. Denn auch ich bin ein anderer. Du hast es in den letzten Monaten nicht gemerkt, selbst mir ist es spät bewusst geworden.

Bitte, dass soll in keiner Weise ein Vorwurf sein, ich möchte die Erfahrungen, die mich geformt haben, nicht missen. Es ist so geschehen, und es hätte nicht verhindert werden können. Und vor allem, es hätte nicht verhindert werden dürfen.

Ich bin von Dir gegangen und von dieser Welt. Meine Entscheidung ist losgelöst von der Situation zwischen uns, es hat weitaus andere Gründe. Ich bin an einem Punkt angelangt, von dem aus keine Möglichkeit besteht umzudrehen. Aber die Richtung, in die ich geschaut habe, macht mir Angst weiter zu gehen. Da die Zeit aber nicht erlaubt still zu stehen, sah ich mich gezwungen eine Entscheidung zu treffen. Und ich bereue diese Entscheidung nicht. Ich habe sie nicht leichtfertig getroffen und mir ausreichend Bedenkzeit gelassen. Schließlich stand mein Entschluss fest. Wenn Dich dieser Brief planmäßig erreicht, habe ich das Ziel gestern erreicht und versichere Dir es nicht zu bereuen.

Mein einziger Wunsch ist, dass wir beide wieder Verständnis füreinander aufbringen können, und die Freunde sind, die wir immer waren. Und vielleicht noch mehr. Ich habe Dich in den letzten Monaten vermisst, obwohl wir in derselben Wohnung lebten waren wir uns fern. Es gibt Änderungen die wertvoll und wichtig sind, egal wie hoch der Preis dafür ist. Dies trifft sowohl auf mich als auf Dich zu. Aber es gibt sehr gefährliche Änderungen, und leider wissen wir oft erst im Nachhinein, wie viel wir von uns selbst bezahlen mussten. Und manchmal verlieren wir selbst den Überblick, was geschehen wird. Sei vorsichtig, Richard. Überlege Dir gut, wie viel Du bezahlen und opfern möchtest..

Als Freund, loyal, treu, verantwortungsvoll, hilfsbereit und vieles mehr habe ich oft versagt. Ich verstehe Deinen Hass. Trotzdem wollte ich immer aufrichtig sein. Leider reicht ein Wunsch allein nicht aus. Vielleicht werde ich im Tod die Kraft finden besser zu Dir zu stehen als zuvor. Ich werde es versuchen.

Bei allem was geschehen ist, vergiss unsere Freundschaft nicht. Und bei allem was mich gequält hat, ich hoffe es berührt Dich nicht.

In Freundschaft,
Tom

8.

Wäre Richard homosexuellen Neigungen nicht abgeneigt gewesen, wäre Tom für ihn sicherlich ein Traummann gewesen. Er hatte ihn immer bewundert, sich immer gewünscht ein wenig wie Tom zu sein. Vor allem was Toms Geschick mit Mädchen, oder seit der Uni besser gesagt mit jungen Damen anbelangte. Tom hatte hier oft weiblichen Besuch gehabt. Wobei, wenn Richard darüber nachdachte: in den letzten Wochen bis Monaten hatte er davon nichts mitbekommen. Aber das musste nichts heißen, er hatte sein Zimmer nur selten verlassen oder war direkt in den Fredenbaumpark gefahren um dort zu lernen und sich zu betätigen, als er sein Leben umstellte.

Ja, Tom war ein Schwarm vieler gewesen. Zu gern hätte Richard mit ihm getauscht, einmal schlank sein, einmal nett angeschaut werden, einmal ein Lächeln wie Sonnenstrahlen auf dem Gesicht spüren. Auch wenn Richard nicht schwul war, Tom tauchte häufig in seinen Träumen auf. Immer dann, wenn Richard eigentlich von Frauen träumte. Es war Tom, in dessen Armen er sie sah. Diese zum Teil auch erregenden Träume hatten immer tiefe seelische Schmerzen verursacht. Und dennoch hatte sich Richard die Träume immer wieder vorgestellt. Das Hochgefühl sich die jeweilige Angebetete vorzustellen, die Qual sie in den falschen Armen zu wissen. Träume…

Richard legte den Brief sprachlos und in Gedanken gefangen auf den kleinen dreieckigen Beistelltisch in gelber Farbe und leerte den Rest seines Glases. Der Magen hatte sich bereits seit der Hälfte beruhigt. Er blieb mehrere Minuten still sitzen um dann über den in der Küche damals gemeinsam ausgelegten PVC-Boden zu schlendern. Im Flur ließ er seine Kleidung fallen und bewegte den sportlichen Körper ins Badezimmer zwischen Küche und Wohnungstür um sich zu duschen. Sanft wuschen seine Hände den teuer erkauften Gewinn, der aus einem Verlust bestand. Jedes Mal zuckte er unwillkürlich zusammen, wenn er vermeintlich Fettpolster und der Haut spürte.

Nachdem er sich gereinigt hatte, trat er nackt aus dem Badezimmer, blickte auf die abgesperrte Tür gegenüber, die Polizei hatte sie versiegelt, und ihm kam in den Sinn, was in dem Raum geschehen war. Mehrere Minuten würgte er auf dem Flur und versuchte Kontrolle über seinen Magen auszuüben. Er wandte sich nach links, ging zu seinem Raum gegenüber der Küche, auf dem Weg hob er seine liegen gelassene Kleidung auf und verstaute sie in den Wäschebehälter aus Stoff und Drahtgestell in seinem

Zimmer. Er trat an den Schrank und wählte eine eng anliegende Jeans, ein rotes T-Shirt sowie einen weißen Sweater mit einem darauf skizzierten Löwen und durchgehendem Reißverschluss aus. Den Sweater ließ er halb offen und trat hinaus. Mit sportlichen Schuhen und Gel im Haar bewaffnet verließ er die Wohnung. Während er durch die Straßen schlenderte, dachte er an seine ersten Tage in Dortmund, damals hatte er sich kleine Skizzen angefertigt, um sich schneller zu Recht zu finden.

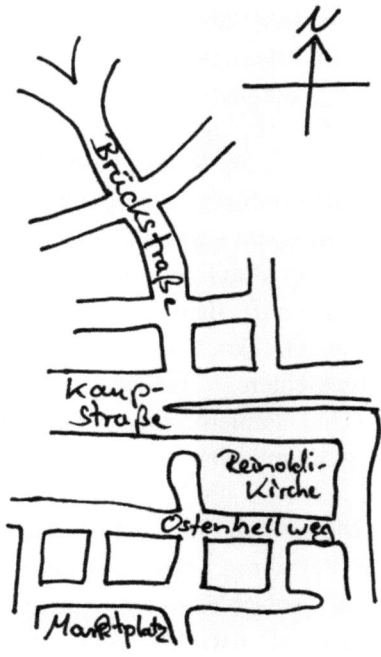

9.

»Hi, Henricksen.«

Es war eine alte Gewohnheit, dass der Ermittler von seinen Kollegen mit dem Nachnamen angesprochen wurde. Er sah den deutlich jüngeren Mann an, der in sein Büro schaute und zurück grinste. Henricksen räusperte sich, bevor er den Gruß erwiderte: »Na Klaus, wie war der Urlaub?«

Klaus trat in den engen Raum, den Henricksen allein für sich hatte, eine besondere Ehre, da man sich aus Platzmangel sonst ein Büro teilte. Henricksen Büro hatte sich während des Urlaubs nicht verändert, zeigte ein Rundblick. Ein großer Kalender mit kitschigen Landschaftsaufnahmen an der Wand, verblichen vom Sonnenlicht, fast vertrocknete Blumen am Fenster, die bis jetzt entgegen jeder Erwartung den Überlebenskampf nicht verloren hatten – die Vermutung lag nahe, dass eine der Putzfrauen ihnen Wasser gab – ein Foto der Ehefrau auf dem Schreibtisch, zahlreiche Kaffeetassen mit angetrocknetem Inhalt, Myriaden von den bekannten angeklebten gelben Zettelchen am Bildschirmrand. Und Papiere. Der Schreibtisch war mit weißem Papier gesäumt. Da war eine von Henricksens Methoden. Er schrieb sich alle Fakten jeweils auf ein Papier und sortierte die Menge dann hin und her, tauschte sie, fügte neue nach einem Verfahren hinzu, das bislang niemandem der Kollegen zu entschlüsseln gelungen war. Aber irgendwann, manchmal nach Stunden, manchmal nach Tagen, manchmal nach Wochen und in einem Fall sogar nach Monaten las er die Lösung ab. Und überführte den Täter.

Klaus Brenninger setzte sich auf den Besucherstuhl vor Henricksens Schreibtisch und lehnte sich lässig gegen die unangenehm harte Rückfläche. Klaus war Mitte dreißig, hatte fingerlanges strubbeliges Haar – kein Kommentar der Chefin hatte bislang geholfen, dass er seinem optischen Eindruck mehr Disziplin walten ließ – und vom Urlaub und der Sonne gebräunte Haut nebst einen Kinnbart. Seine grünen Augen funkelten dank eines angenehmen Lichtstrahles, der durch das Fenster fiel. Er trug ein gelbes T-Shirt mit der schwarzen Aufschrift *Ich war dabei* locker über einer schwarzen Jeans. Henricksen fragte sich, ob erneut das Fußballfieber ausgebrochen war und ignorierte die Farbwahl dann. Er bevorzugte schlichte Farben, so dass seine Kleidung meist freudlos und apathisch wirkte.

»Viel Sonne, All Inclusive, tolle Cocktail soviel man will von morgens früh bis abends spät – und die Frauen werden dabei bekanntlich auch immer schöner.«

Klaus setzte bei der Antwort das charismatische ehrliche Lächeln auf, welches ihn auf Anhieb zehn Jahre jünger erscheinen ließ. Henricksen grinste zurück und ging nicht darauf ein. Er wusste, dass Brenninger nur scherzte. Klaus war seit drei Jahren bei den anonymen Alkoholikern, was von den Kollegen ausschließlich Henricksen erfahren hatte.

»Willst Du einen Kaffee?«

Klaus schüttelte den Kopf, seine Haare wackelten dabei ein wenig hin und her, eine Strähne fiel ihm in die Stirn: »Henricksen, irgendwann...«

Henricksen winkte mit einer Handbewegung ab, die aussagte, dass er keine Predigt über seinen Kaffeegenuss hören wollte. Klaus verstand und verstummte bis er eine andere Frage stellte: »Wir haben einen neuen Fall?«

Brenninger war in einer Vielzahl von Fällen Henricksens Partner gewesen und diesmal sollten sie ebenfalls gemeinsam daran arbeiten. Ein toller Start nach dem Urlaub. Henricksen nickte und strich sich über den Bart.

»Ja, Tom Baumgartner. Alter 24, Student der Sprachwissenschaften. Italienisch und englisch. Ist vorgestern Nacht in seiner Studenten-WG ermordet worden. Die Wohnung teilte er sich mit einem Richard Krüger, Mathematikstudent. Ich glaube, der war der Mörder.«

»Kein Alibi?«, fragte Brenninger, und Henricksen bemerkte, wie sich Klaus während des Gespräches mit den Händen immer wieder über die Knie fuhr. Es war ein Tick, denn er vor drei Jahren entwickelt hatte.

»Angeblich Zug gefahren. Kein Ticket wegen des Semesterausweises der zur Bahnfahrt berechtigt. Keine Zeugen im Zug, zumindest bislang. Ist also zweifelhaft.«

»Motiv?«

»Das gilt zu klären.«

»Tathergang?«

Henricksen unterbrach die Fragerei mit einer Handgeste.

»Diese Fragerei führt uns hier nicht weiter. Es gibt einen Faktor bei der ganzen Geschichte, der meinem Kopf keine Ruhe lässt. Wir haben Abschiedsbriefe gefunden, die das Opfer hinterlassen hat. In diesen Briefen wird deutlich, dass er plante nach der Nacht oder kurz vor Ende der Nacht Selbstmord zu begehen.«

»Es war Selbsttötung?«, korrigierte Brenninger seinen Partner fragend, er vertrat die Auffassung, dass jedem Menschen sein Leben selbst gehörte, und es sich daher nicht um Mord handeln konnte. Henricksens kannte diese Meinung und musste knapp lächeln.

»Nein. So meine ich das nicht. Aber wäre er nicht ermordet worden, hätten wir ihn trotzdem bald danach tot aufgefunden.«

Brenninger grübelte, und Henricksen ließ ihn nachdenken, bis eine Erwiderung kam: »Das heißt der Täter hat einen ungünstigen Zeitpunkt erwischt. Hätte sich die Finger gar nicht schmutzig machen müssen.«

»Nicht ganz. Er hat ihn trotzdem umgebracht.«

»Unwissentlich.«

»Auch das nicht. Wissentlich.«

»Woher weißt Du, dass der Mörder dies wusste?«

»Siehst Du, jetzt kommen wir zu der ersten interessanten Frage. Baumgartner hat bei seinen Vorbereitungen die Webcam in seinem Zimmer laufen lassen. Der Fachmann von der Spurensicherung hat seinen Computer untersucht und das Video gefunden.«

10.

Das Bild auf Toms Bildschirm wackelte ein wenig. Er justierte die kleine Kamera mit kräftigen Händen auf ihrem Gestell am Schreibtisch und stellte den Sucher auf automatische Scharfstellung. Als er die Kamera los ließ wirkte das Bild klar und harmonisch, und er konnte sich selbst in seinem Zimmer vor dem Schreibtisch, der seinen Platz vor dem breiten Fenster hatte, stehend sehen. Sein Rücken war der Zimmertür zugewandt, die offen stand.

Die Kamera zeichnete bereits auf, er lächelte in das Objektiv und nickte einmal. Es war das elektrisierende

Lächeln, das sexuell entsprechend geschlechtlich orientierten Menschen Schmetterlinge in den Bauch versetzten konnte. Für einen kurzen Augenblick war die Kamera auf seine Augen fokussiert, und das tiefe Braun wirkte wie ein Brunnen in den man fallen wollte.

Tom trug ein in Rottönen gestreiftes T-Shirt auf dessen Vorderseite die Buchstaben *T 4 U* prangten, dazu eine gewollt zerrissene weite Jeans und ein paar lederne schwarze Bänder am linken Handgelenk. Danach lockerte er seine breiten Schultern, vom vielen Sitzen während des Schreibens der Briefe war er ganz angespannt. Schultern, die sich zum Anlehnen anboten, die Halt gaben. Von einer Ecke des Schreibtisches, welche die Kamera nicht filmen konnte, nahm er ein kleines bräunliches Glasgefäß und entnahm mehrere Tabletten. Freudlos grinsend schob er sie in den Mund und schluckte. Um die späteren Zuschauer auf dem Laufenden zu halten, hielt er das Etikett ins Bild, Schmerztabletten. Danach nahm er einen Stapel Briefbögen von der Kommode. Seine Abschiedsbriefe.

Gewandt drehte sich sein Körper herum, es wirkte wie ein perfekt einstudiertes Spiel von Tänzern. Jeder seiner Bewegungen wirkte trainiert und anziehend. Er trat hinaus in den Flur und man sah, wie er diese Papiere auf dem Boden verteilte, bis er sich nach links Richtung Wohnungstür wandte und damit aus dem Sichtfeld der Kamera verschwand. Nach kurzer Zeit kam er wieder, ohne Papier und lief den Gang weiter nach rechts. Schließlich kehrte er mit einer Teeporzellankanne und einer dazu passenden Tasse zurück, beides stellte er auf die Kommode. Er griff in das Regal gegenüber dieser auf der vom Kamerastandpunkt aus linken Wand und nahm ein Buch heraus, welches er neben die Teetasse stellte. An der linken Wand neben dem Bücherbord befand sich zur Tür hin Toms Bett.

Von der Holzkommode nahm er einen stabil wirkenden Strick, der bereits zu einer Schlaufe gebunden war, und er stellte sich auf einen Stuhl, den Strick an einem Haken in der Decke befestigend. Als er einmal mit kräftigen leistungsfähigen Muskeln zog, bestand die Befestigung den Test. Während er mit den Händen das Seil zur Decke erhoben hatte, rutschte sein Shirt hoch und entblößte den unteren Teil des Oberkörpers, ein flacher harter Bauch, dessen Muskeln sich abzeichneten. Auch ein Stück seines Slips schob sich bei der leicht zu Boden gerutschten Hose ins Sichtfeld. Als Tom wieder vom Stuhl herunter trat, lächelte er ein letztes Mal in die Kamera, hinter ihm pendelte der Strick, sein Mund bewegte sich wie zu einem Flüstern, doch das Video war ohnehin tonlos, und dann schaltete er die Aufzeichnung ab.

11.

»Er hat Zettel in der Wohnung verteilt?«

Henricksen ergriff seine Kaffeetasse und stellte fest, dass sie bereits leer war. Er stellte sie unbewusst wieder auf die Tischplatte und antwortete: »Ja, den ganzen Flur entlang. Aber keiner davon lag mehr, als unsere Kollegen eintrafen. Der Mörder muss sie aufgenommen haben. Es waren Abschiedsbriefe.«

Klaus Brenninger war lange genug dabei um zu wissen, dass Henricksen nicht ins Blaue hinaus tippte.

»Abschiedsbriefe, aha. Nicht nur einer. Ihr habt sie gefunden?«

»Ja, der Mörder hat sie in einem der Papierkörbe auf der Strasse hinterlassen. Dachte wohl, wir finden sie nicht.«

»Er wurde dabei aber nicht gesehen?«

»Nein, keine Zeugen was das Betreten und Verlassen der Wohnung an dem Tag betrifft, nicht einmal Kiosk oder eine der Imbissbuden. Die wurden erst aufmerksam als der Streifenwagen da parkte.«

»Fingerabdrücke? »

»Auf dem Papier? Nur die des Toten. »

Klaus kam eine Idee: »Und der Strick?«

Henricksen verzog den Mund zu einem schmalen Strich. Warum war die Tasse nur schon wieder leer?

»Den haben wir im Schrank des Opfers gefunden. Lag neben Werkzeug. Wäre nicht weiter aufgefallen, hätten wir das Video nicht gesehen.«

12.

Richard betrat das Café, ein nettes Bistro in der Nähe der Reinoldikirche. Die Kirche ist die älteste in der Dortmunder Innenstadt, Teile stammen aus dem 13. Jahrhundert. Sie beinhaltet neben weiteren Kunstschätzen vor allem eine Skulptur von St. Reinoldus, dem Kirchen- und Stadtpatron. Das Holzwerk befindet sich am Choreingang auf einem Podest, welches ein Adler und ein Löwe zeichnen. Der tapfere Ritter Reinold, der selbst Karl dem Großen getrotzt hatte, war laut Legenden und Sagen letztlich in Köln getötet worden, doch gelang es nicht seinen Körper dort zu beerdigen. Der Karren mit dem Leichnam fuhr von allein von dannen, bis er in Dortmund stehen blieb. An dieser Stelle wurde die Kirche vom abergläubischen Volk errichtet. Reinoldus soll der Stadt im 14. Jahrhundert als Schutzpatron in der Großen Fehde, da die Stadt von Truppen des Kölner Erzbischofs und eines Grafen sowie anderer Städte angegriffen und belagert wurde, zum Sieg verholfen haben. Denn die Gestalt des Ritters wurde bei der Verteidigung auf den Stadtmauern gesehen. Manchmal braucht man einen Schutzpatron. Jemanden, der sein Leben bereitwillig gibt.

Es war gerade einmal Viertel vor elf, noch sehr früh für einen jungen Menschen mit der Profession Student. Richard trat zum Tresen, bestellte sich einen Espresso und setzte sich an einen kleinen runden Tisch außerhalb des Cafés und starrte einige Sekunden in die Sonne. Der Kellner kam mit seinem Espresso, das Bistro war von Richard und dem Personal abgesehen leer, und Richard hatte niemanden bemerkt. Der Kellner war einer von diesen aufgestylten Typen mit perfekter Sonnenstudiobräune, die Richard hasste, und er zwang sich ihn nicht wahrzunehmen. Dennoch bemerkte er mit einem kleinen Stich, wie der Kellner zurück zu dem Tresen trat und dort mit einer hübschen Blonden sprach, ebenfalls eine der Bedienungen. Richard zuckte mit den Schultern, nahm ein kleines Papiertütchen aus der Schale am Tisch, riss es auf und ließ den Süßstoff in den Espresso gleiten. Er vermied Zucker wo er nur konnte. Er rührte gedankenverloren einige Zeit in dem heißen Getränk und betrachtete die Menschen die vorbeischlenderten, prüfte ob es sich hierbei um Kundschaft für das Café handelte, aber die meisten liefen vorbei. Ein junges Pärchen kam herein, eine junge Frau, die sich alleine an einen Tisch setzte, zwei händchen haltende Männer und drei offensichtliche Studenten, die sofort etliche Papiere und Zettel auspackten und zu diskutieren begannen. Richard grinste, die wussten das Leben als Studenten einfach nicht zu genießen.

Er nippte an dem mittlerweile erkalteten Espresso. Richard mochte alle Arten von Kaffee lieber, wenn sie kühl waren. Langsam wandte er sich von Gast zu Gast und betrachtete sie, verharrte bei den Studenten. Er war unschlüssig und sich unsicher. Richard winkte den Kellner herbei und stellte ihm eine Frage, wobei er Tom kurz beschrieb. Der Kellner nickte und deutete auf die einzelne junge Dame, die einige Tische weiter unter einem Sonnenschirm mit dem Rücken zu Richard saß. Richard dankte freundlich und nippte erneut an seinem Espresso. Er betrachtete die Rückansicht ein wenig, er hatte sie auch vorhin bemerkt, als sie sich gesetzt hatte. Sie war in Schwarz gekleidet, ein knielanger Stoffrock und ein T-Shirt, halbhohe Stiefel aus Leder mit vielen Schnallen. Einige Lederarmbänder waren um ihren Unterarm am Handgelenk gebunden, braune und schwarze, und sie trug langes schwarzes Haar, er glaubte darunter vorhin silberne große Ohrringe gesehen zu haben. Er nahm einen letzten kleinen Schluck. Der Espresso war leer, Richard war ein Meister darin ewig lange für eine solch kleine Tasse zu benötigen.

Richard zwang sich aufzustehen und trat zu dem Tisch der hübschen Frau, deren Gesicht er nun deutlich betrachten konnte. Sie bemerkte den Schatten der auf ihren Tisch fiel und sah zu ihm auf. Ihr Blick war hart, Augen die ihn kalt anblickten und kein Lächeln. Er wich den Augen aus und bemerkte daraufhin, dass sie eine Zeichenunterlage aus

Kunststoff mit darauf gespanntem Papier auf dem Schoß hatte und an einer Portraitzeichnung mit einem Bleistift, den schlanke hübsche Finger führten, werkelte. Es schien das Portrait eines kleinen Kindes zu sein, vielleicht ein Mädchen. Es hatte freundliche Grübchen und ein Lächeln im Kindergesicht. Richard gab sich einen Ruck und schaute wieder direkt zu ihr.

»Hi, ich bin für Tom hier.«

Sie antwortete nicht, sondern blickte ihn weiterhin an, aber sie nickte ihm kaum merklich zu, als sollte er weiter sprechen: »Er kann heute nicht erscheinen. Ich bin doch richtig?«

Sie legte den Kopf ein wenig schräg und antwortete: »Richtig?«

Er war wieder einmal unsicher, ließ es sich aber nicht anmerken, lächelte einfach freundlich und kontrolliert, wie er sich dies in der letzten Zeit angewöhnt hatte. Innerlich zuckte er bereits: »Ja, ich meine, Du gehörst doch zu den Studenten von Toms Lerngruppe hier, oder?«

Sie lächelte ein klein wenig, als wenn sie seine Unsicherheit bemerkt hätte, und dies sie belustigte. Er dachte bei sich, dass sie zu dem Typ Frauen gehörte, die Männer leicht unsicher werden ließen und legte den Gedanken weit hinten im Kopf ab.

»Ja, unsere … Lerngruppe. Was ist mit Tom?«

Richard griff nach der Lehne eines Stuhls um Zeit zu schinden. Sie deutete sofort darauf und bot ihm mit der Geste an sich hinzusetzen. Richard kam der wortlosen Aufforderung nach und fühlte sich ein wenig wohler.

Die blonde Kellnerin trat in diesem Moment heran und Richard bestellte eine Apfelschorle, nicht ohne zu bemerken, wie die junge Frau ihm gegenüber der Kellnerin ein so zauberhaftes aber dosiertes Lächeln schenkte, dass diese mit einem Tablett voller leerer Gläser ins Zittern kam. Sie nickte zu der Bestellung und ging verunsichert davon.

»Tom?«, erinnerte ihn die Frau.

Richard gönnte sich einen Augenblick des Betrachtens und Reflektierens und wusste auf Anhieb, dass ihn ihre kühle Attraktivität beeinflusste und versuchte sich unter Kontrolle zu halten.

»Tom kann heute nicht kommen.«

»Ja, soweit waren wir bereits«, antwortete sie und lächelte ihn diesmal an. Er konnte nicht entscheiden, ob es das gleiche Lächeln wie bei der Kellnerin war, aber es tendierte in diese Richtung, es entwaffnete, leerte den Kopf und ließ das Blut sacken. Er fühlte sich, als wenn er mehr von dieser zugeteilten dosierten Gefälligkeit benötigte, optische Streicheleinheiten. Er grinste verlegen.

»Ja. Er wird fürs erste nicht kommen können. Auf unbestimmte Zeit. Wo sind die anderen der Lerngruppe?«, fragte Richard interessiert. Ihr schwarzes Haar glänzte in der Sonne. Ihr Mund war zart, soweit Richard beurteilen konnte kein Lippenstift – wobei, er konnte das nicht beurteilen. Und ihre Pupillen waren schwarz wie die Haare, Löcher in der Dunkelheit. Sie hatte sehr helle Haut, was sehr kontrastreich zu dem vielen Schwarz wirkte.

»Tom ist ja auch nicht da«, meinte sie dazu, und Richard konnte mit der Antwort nichts anfangen. Er bemerkte sein zunehmendes Minderwertigkeitsgefühl und unter dem Tisch begann sein Bein zu Wippen. Dies verhinderte immerhin, dass seine Hände zu zittern begannen. Er hoffte, dass der Tisch es verdeckte und sie dies nicht sehen konnte.

»Wann kommt Tom wieder?«, sagte sie und führte einige Striche auf ihrer Zeichnung aus, was Richard zu ihren Händen sehen ließ. Richard liebte Hände. Für ihn waren Hände das Tor zur Seele. Sie ließen ihn erkennen wer welch ein Mensch war, was er machte, wie er sich gab, ja, sogar seinen Charakter erahnen. Ihre Finger waren lang mit fragilen Knochen, von ca. zwei Millimeter über die Finger hinaus gehenden weiblichen Nägeln geziert, sie waren gepflegt und mit dezentem Nagellack versehen, die letzten Millimeter an den Spitzen ein gleichmäßiger weißer Rand. Sie trug keine Ringe, aber Richard bemerkte einige Stellen an mehren Fingern und den Daumen, die darauf hindeuteten, dass sie dort manchmal Ringe trug.

»Das ist noch ungewiss. Ich heiße übrigens Richard.«

Sie nickte ihm zu, sagte: »Angenehm«. Richard lächelte und spürte dabei, dass dies wie ein dummes Grinsen aussah. Er faltete die Hände, dabei seine eigenen Finger knetend.

»Für was lernt Ihr hier eigentlich?«

Sie griff in ihre Tasche, verstaute das Portrait und legte einige Münzen auf den Tisch. Dann stand sie auf, schulterte die schwarze Tasche im Militärlook, jede andere Farbe hätte ihn verwirrt, und lächelte ihn erneut an, mit einem dermaßen wissenden und überlegenen Ausdruck, dass Richard auf der Stele Übelkeit entgegen schlug: »Heute anscheinend nichts. Ich bin beinahe an jedem Morgen hier. Komm mal wieder vorbei, Richard. Und morgen bring eine Geschichte mit, Du schreibst doch, oder?«

Ihre Augen, diese abgrundtiefen Pupillen der Nacht, schauten ihn belustigt an, als sie an ihm vorbei schritt, der Kellnerin zuwinkte und ging. Richard drehte den Kopf und sah über die Schulter, wie sie anmutig wie eine Katze davon wandelte. Er blickte ihr nach, bis sie um die Reinoldikirche in den Schatten verschwand, und seine Augen ausschließlich die täglichen Menschenmassen der Passanten wahrnahmen.

13.

Klaus Brenninger zog einen Stuhl um den Schreibtisch herum, so dass er leichter auf den Bildschirm sehen konnte. Henricksens schaltete den Monitor des Computers auf dem Schreibtisch ein und seine Finger begannen automatisch mit den schlagenden Bewegungen. Mit wenigen Klicks und Handübungen nutzte Henricksens die Maus um einige Eingaben zu tätigen und das Video erneut zu starten, welches er sich vorhin bereits angesehen hatte, nachdem ihm ein Kollege der Spurensicherung die neue Kopie vorbeigebracht hatte.

»Mal abwarten, was die auf seinem Rechner noch so alles finden. Es scheint wieder die Webcam zu sein, dasselbe Zimmer. Viel Spaß«, das zuletzt gesprochene klang dermaßen sarkastisch, dass Brenninger grinsen musste, er liebte diese auf besondere Art humorvolle Ader von Henricksen. Es war derselbe Raum, nahezu dieselbe Einstellung wie bei dem letzten Video.

»Die Datei scheint acht Monate alt zu sein, wobei der Kollege meinte, das Datum könnte manipuliert worden sein. Aber es deutet nichts darauf hin«, Henricksen griff nach seiner Kaffeetasse, was Brenninger aus den Augenwinkeln bemerkte, bevor er sich auf das Video konzentrierte. Sie beide versuchten mit fachlicher Professionalität hinzusehen, jeder fühlte sich dabei auf seine Art unwohl. Henricksen spürte zwar nichts, aber er fuhr sich andauernd durch den rauen Bart, ihm missfiel es andere Menschen dergleichen zu beobachten. Tom stand nackt in seinem Zimmer, sein gut geformter Sportlerkörper glänzte im Sonnenschein, der an dem Tag die Brückstrasse durchflutet hatte. Er hatte sich mit dem Oberkörper schräg zur Kamera gestellt und wirkte kontrolliert und beherrscht. Selbst auf dem nicht perfekten Kamerabild meinte Brenninger einen gefassten und dominanten Blick mit dem Ansatz von Teilnahmslosigkeit zu erkennen, was er angesichts der Situation erschreckend fand. Mit beinah gelangweilter Miene hielt Tom den Kopf einer vor ihm knienden nackten Frau an ihrem roten Haarschopf fest und schob in blasiert vor und zurück, während ihre Lippen um sein Glied geschlossen waren und ihre Hände seine Hüften streichelten. Sie befand sich mit dem Rücken ebenfalls nackt zur Kamera. Brenninger fielen auf der Aufzeichnung bislang keine besonderen Merkmale an der jungen recht schlanken Frau auf, die zu einer Identifikation gereicht hätten, und er war fast stolz auf sich darauf zu achten.

Eine ihrer Hände wanderte tiefer und begann Tom im Schritt zu berühren, wo Toms glatt rasierter und gestählter Oberkörper in seinen ebenso rasierten Intimbereich überging, dort die Hoden zu massieren, während ihre Zunge am Schaft entlang glitt. Vorsichtig biss sie in die Spitze, er zeigte keine Regung, sein Glied blieb steif und prall aufgerichtet. Während sie sich bewegte, konnte man teils die Seite ihrer linken Brust auf dem Bild sehen, eine Handvoll dachte Brenninger, und für einen Moment löste sich eine Hand vom Knie um über den Spitzbart zu fahren.

Sie nahm den Penis, der wie der marmorne Abguss eines athletischen Halbgottes wirkte, wieder in den Mund auf und – so dachte Brenninger bei sich – begann geradezu verzückt daran zu lecken und ihn mit spitz zulaufender Zunge zu umkreisen. Ihre langen rot gefärbten Haare, zu rot um natürlich zu sein, hielt Tom weiterhin in seiner Hand fest, daher ließ sich schwer klären, ob sie diese offen oder zu einem Zopf trug.

Tom zog sie hoch und schubste sie mit ein wenig Druck seines Körpers zu der Kommode, an die sie sich halb lehnte, hab darauf setzte. Tom stellte sich vor sie, und die Kamera fing nun die totale Seitenansicht des Paares auf. Sein Schwanz stand hoch aufgerichtet und deutete auf sie, er streichelte langsam über ihre Wangen, dann ihre Arme und Hände, und sie genoss sichtlich die Berührung. Man konnte sie diesmal erkennen, zumindest war sich Brenninger sicher, sie bei realer Sichtung identifizieren zu können. Sie schaute mit hübschen hellen Augen aus einem zarten mädchenhaft runden Gesicht zu Tom, lächelte die ganze Zeit glücklich und ließ den Blick über seinen Körper schwenken. Eine ihrer Hände wanderte hinunter und begann sein Organ kraftvoll zu massieren. Er widmete seine Aufmerksamkeit ihren Brüsten, beugte sich herab und biss in ihre Brustwarzen, bevor er sie geschickt mit den Fingern knetete. Sie stöhnte verzückt auf, wobei die Aufzeichnung keinen Ton trug, aber Brenninger wusste ihren entrückten Ausdruck und den geöffneten Mund durchaus zu deuten.

Tom trat näher an sie heran, sie ergriff seine Hände und hielt sich fest, umklammerte mit den Beinen seine Hüften, und er drang behutsam in sie ein um sie bedächtig zu stoßen. Sehr schleppend steigerte er das Tempo, und sie schien mehr und mehr Gefallen daran zu finden. Als sein Unterkörper immer wieder abrupt und heftig fickend den Schwanz in sie prügelte, schien sie sich in einem unbeherrschten Schreikrampf zu befinden, und ihre Hände pressten sich um Toms. Ihre ihn umschlingenden Beine zitterten unkontrolliert. Man sah wie sich die Muskeln auf seinen Armen anspannten, und er sie festhielt, damit sie nicht vor Lust wild um sich schlug. Plötzlich stoppte er abrupt, und ihr Blick wurde beinah zornig und verwirrt zugleich, sie schien ihn wütend anzuschreien und direkt darauf flehend zu bitten fort zu fahren. Er grinste sie an und schüttelte den Kopf, sie blickte überrascht, enttäuscht und absolut verloren, als er genauso plötzlich wieder in sie schlug und das perplexe Mädchen damit fassungslos bestürzte, so dass ihr jegliche Kontrolle abgefallen war, und er sie in Sekunden zum Orgasmus ritt.

»Fahr zur Uni und finde dieses Mädchen, Klaus.«

Henricksen stand auf, klopfte dem Kollegen, der gebannt auf den Bildschirm starrte, auf die Schulter und ging mit seiner Kaffeetasse hinaus, um sie wieder aufzufüllen.

14. FREITAG

Hi Richard,

damit ich für Dich sorgen kann, habe ich einige Briefe vorbereitet, bitte erschrick nicht. Mir liegt viel an meinem besten Freund, unwichtig, was aus uns geworden zu scheinen mag.

Mein freiwilliger Abschied dürfte mittlerweile einige Tage her sein, und wie ich Dich kenne, falls ich Dich noch kenne, hast Du viel gegrübelt. Du grübelst schließlich immer. Ich habe jetzt im Augenblick beim Schreiben des Briefes ein Lächeln auf den Lippen, wenn ich an Dich denke. Nie wirst Du Deine Gedanken vollständig unter Kontrolle haben, Richard, aber das gehört zu Dir und macht Dich aus. Ich weiß, wie Du es hasst immerzu zu denken. Aber die Intelligenz und Dein Verstand erfordern es, also nimm es in Kauf, genieße es und lebe! Das bist Du, nutze diese Kraft die in Dir fließt und lass Dich nicht von ihr zerstören. Deine Gedanken sind Deine Waffe – Dein Werkzeug, und nicht der Beherrscher Deiner Sinne. Es ist etwas Positives zu denken, Richard, ich wünsche mir, ich hätte mehr nachgedacht und wäre weniger oft meinen Instinkten nachgegangen. Wobei ich nichts wirklich bereue.

Ich weiß heute ebenso, dass Du es stets anders gesehen hast, dass Du Bewunderung für das Fehlen von Kopfarbeit gezeigt hast, dass Du das Leben ohne Grübeln für angenehmer hältst. Da magst Du durchaus Recht haben, Du erinnerst Dich noch daran, als Du sagtest der Dumme vermag seine Dummheit nicht zu erkennen und ist daher glücklich. Weißt Du noch, wie Anne gefragt hat, ob dumme Menschen eigentlich merken, wie blöd sie sind, und Du zu ihr meintest, ob sie etwas spürt? Ich muss jetzt noch lachen, wenn ich daran zurückdenke.

Glücklich mag er sein, der Dumme, aber Richard, Du hast eine friedliche Waffe mit Deinem Verstand, die Du lediglich zu beherrschen lernen musst, ohne sie gegen dich selbst zur richten. Und ich bin mir sicher, dass Du die Kraft dazu hast. Immerhin lebst Du noch, trotz aller Depressionen. Du hast

Dich stark verändert und immer gekämpft, ich bin wahrscheinlich der einzige von früher, der Dich überhaupt noch erkennt. Akzeptiere es. Akzeptiere, dass Du Dich über lange Strecken des Durstes und sprichwörtlich des Hungers zu dem Menschen gemacht hast, der Du immer sein wolltest. Wenn Du mir im Leben schon nichts glaubtest, dann glaube wenigstens der Weisheit eines Toten.

Wenn Du grübelst, dann bist Du sicherlich auch meinem Leben nachgegangen, dem Teil, den Du durch unser Auseinanderleben nicht mehr erfahren hast. Du wirst einiges erfahren, wenn Du auf dem Weg weiter schreitest, aber vergiss niemals woher wir stammen, und wer ich war und bin, egal was Du erfährst.

Das Leben ist lebenswert, ich bin mir bewusst wie unsinnig das von mir gerade jetzt klingt, aber glaube es mir ruhig. Lügen muss ich nicht mehr.

Erinnerst Du Dich, als wir in alten Zeiten über Selbstmord diskutiert haben? Du meintest einmal es gibt keinen Grund für Selbstmord, sondern nur Gründe dafür nicht weiter zu leben. Ich habe Dich immer im Stillen bestaunt, wie Du so etwas sagen und durchschauen konntest. Ja, Du magst Recht haben, denke ich. Der Grund für den Selbstmord sind vielleicht fehlende Aussichten auf die Zukunft. Du sagtest damals auch noch etwas anderes. Du hast selbst früher oft darüber nachgedacht nicht mehr weiterleben zu wollen. Und darüber hast Du mir einmal berichtet, Du hättest eine Erkenntnis gewonnen, Richard. Denn es ging nicht um das Weiterleben an sich, sondern um das Weiterleben in Deinem Leben. Du hast damals gesagt, wer Selbstmord begeht, bereitet den größten Fehler seines Lebens, denn er nutzt die falsche Lösung für sein Problem.

Denn die Lösung sei sein Leben zu beenden und ein neues zu beginnen. Deine Lösung. Sie war alles zu vernichten was die eigene Identität ausmacht und zu gehen, allem den Rücken zu kehren, den Pass wegzuwerfen und neu zu starten.

Du glaubst nicht, wie gern ich auf Dich gehört hätte und neu gestartet hätte, Richard. Aber es ist nicht möglich. Erinnerst Du Dich an mein Versprechen? Im ersten Brief. Ich sagte, ich will Dir fortan ein besserer Freund sein als im Leben. Wenn ich mein Leben nicht wieder bei Null starten kann, kann ich Dir vielleicht etwas schenken. Und vielleicht sogar mich damit unsterblich machen.

In Gedanken bei Dir,
Tom

15.

»Hi Richard«, hörte er die charmante kühle Stimme des Vortages in seinen Ohren. Er saß wieder draußen vor dem Café und hatte ein wenig mit offenen Augen geträumt. Sie nahm neben ihm Platz. Er wagte zuerst nicht hinüber zu sehen, schließlich schaute er aber zur Seite und betrachtete sie.

»Und?«

Er fühlte sich ertappt und zog erschrocken die Augenbrauen hoch, sie fügte hinzu: »Ich meine nicht wie Du mich findest, sondern ob Du eine Geschichte dabei hast.«

Jetzt fühlte er sich doppelt ertappt und schockiert über ihre Offenheit. Der Kellner trat herbei, und sie bestellte einen Kaffee, Richard hatte seinen Espresso bereits, der vor ihm stand und allmählich abkühlte. Die Bestellung schenkte ihm den nötigen Zeitgewinn um sich zu fangen.

»Ja, habe ich.«

»Wie heißt sie?«

Richard war auf sicherem Terrain. Seine Geschichten waren seine Kinder, sein Leben, seine Zukunft und seine Vergangenheit. Wenigstens bei diesem Thema hatte er ein Heimspiel, waren die Regeln seine, die Punkte ihm sicher.

»Hm, mein momentaner Projektname dafür ist *Und die Flasche dreht sich.*«

Fesselnde schwarze Augen.

»Soso, Projektname also?«

Richard nickte lediglich, löste sich vom Bann ihrer Augen und sah zur Sonne, schloss dann geblendet für einen Moment die Augen, weiße Punkte auf schwarzen Hintergrund sehend.

»Ja, vielleicht ändere ich den Namen noch, bin mir unsicher, ob er mir gefällt.«

»Was gefällt Dir daran nicht?«

Er stellte sich vor, wie sie ihn beobachtete und jede seiner Regungen wahrnahm und ihm gefiel der Gedanke. Unwillkürlich musste er ein wenig lächeln und hielt die Augen weiterhin geschlossen.

»Ich sagte nicht, dass ich ihn nicht mag, aber dass ich noch unsicher bin.«

»Wenn der Name zu der Geschichte passt, dann ist es sicher ein guter Name. Tut er das?«

»Vermutlich schon«, meinte Richard knapp und genoss die Wärme der Sonne in seinem Gesicht sowie den Nachklang ihrer Stimme, Worte die nahezu zärtlich seinen

Gehörgang einnahmen, wie eine schleichende Armee die getarnt marschierte. Doch die Armee hatte angehalten, es kamen keine Wörter mehr aus ihrem Mund. Richard wurde mit den verstreichenden Sekunden unruhig, er rutschte auf dem Stuhl herum und zwang sich die Augen geschlossen zu halten. Er ahnte, wie ihr Anblick auf ihn wirken würde. Letztlich nötigte ihn ihre Pause weiterzureden.

»Soll ich Dir erzählen worum es geht?«

Wieder Stille, zumindest im Gespräch, während die Geräuschkulisse des lauen Sommertages alles sanft untermalte. Richard öffnete die Augen um zu sehen, dass sie gegangen war. Aber zu seiner Überraschung saß sie noch immer neben ihm und lächelte ihn an, mit mehr Wärme als die Sonne ihm geschenkt hatte. Auf Richard wirkte dieses Lächeln seltsam, trügerisch, beinahe ernüchternd. Nichts in ihm konnte jemals glauben, dass so ein Lächeln ihm gegenüber ernsten Absichten unterlag. Niemals. Er bestand aus der Summe seiner Vergangenheiten.

Die blonde attraktive Kellnerin vom Vortag trat mit dem bestellten Kaffee schüchtern heran und senkte die Tasse auf den Tisch hinab, wie gebannt auf das Porzellan achtend. Trotz soviel Aufmerksamkeit schwappte die Flüssigkeit ein wenig über, als sie die Tasse absetzte. Sie trug ein knappes weißes Top, welches ihren Bauch der Sonne aussetzte, ihr Nabelpiercing reflektierte den Schein. Ihre Augenbrauen waren ein wenig dunkler als die Haare, sie war lediglich ein Stück kleiner als Richards neue Bekanntschaft und hatte eine schöne sportliche Statur.

Zornig ließ Richards Tischnachbarin geräuschvoll Luft aus dem Mund ausstoßen und fauchte die Kellnerin mit ihren schwarzen Augen böse funkelnd an: »Hey, bloß weil ich

Dich mal gevögelt habe, musst Du meinen Kaffee nicht verschütten.«

Richard schaute beide erstarrt an, die ohnehin bereits gefärbten Wangen der Kellnerin glühten knallrot, und sie lief wieder hinein in das Café, ihr Tablett wie ein Schild vor sich haltend. Richard meinte noch ein Schluchzen zu vernehmen, bevor sie davon schlüpfen konnte. Als er bemerkte, wie auffällig er aus Reflex seinen Kopf hinter hier hergedreht hatte, vernahm er wieder diese Stimme, diesmal freundlich ohne verletzenden Unterton. Sie riss ihn wieder zurück in die Gegenwart: »Nein, keine Zusammenfassung, lies sie einfach vor.«

Richard benötigte einen Moment um zu verstehen was sie meinte, bis er wieder bei ihrem ursprünglichen Gespräch angelangt war und gedachte die andere Situation einfach für den Augenblick zu vergessen. Er griff in den Rucksack den er dabei hatte, ein alter Militärrucksack in Tarnfarben und kramte darin herum, sie ergriff die Kaffeetasse mit ihren schlanken Fingen und trank einen großen Schluck der schwarzen ungesüßten Flüssigkeit. Er ergriff das Papier mit den gedruckten Buchstaben, Richard schrieb alle seine Geschichten mit dem Computer, druckte diese auch nur bei Bedarf aus und nahm höchsten Notizen nichtelektronisch mit dem Stift auf. Diese Blätter hatte er frisch heute Morgen erzeugt. Heiser begann er, um dann rasch, als er seine belegte Stimme bemerkte, den Rest seines Espressos aus zu trinken und las mit melodischer Stimme weiter. Sie betrachtete ihn lächelnd, ohne dass er dies bemerkte und lehnte sich im Stuhl zurück.

16.

UND DIE FLASCHE DREHT SICH

Die gesellige laute Runde brach in schallendes Gelächter aus, als der Witz beendet war. Kaum mehr war das tönende Nebengeräusch der stimmungstreibenden Partymusik zu vernehmen, welche im Hintergrund trällerte. Wahnsinn, die gute Laune steigerte sich wahrlich. Es war ein runder Tisch in einem großen Wohnraum inklusive Kochecke, überall säumten sich leere Verpackungen diverser Knabbersachen, die letztendlich nur noch unter schnaufendem Gekicher vom Tisch rücklings geworfen wurden, wo sie sich auf dem teilweise fleckigen Teppich sammelten. Und leere Flaschen, teurer Champagner, billiger Sekt und Groschenwein, die perfekte Dosis für den gepflegten Schwips. Und das Zeug wirkte.

»Und ich hab Dir noch gesagt ...«

Der Rest des Satzes ging im schwellenden erheiterten Tumult unter. Ein Spruch ergab den nächsten.

»Und ich hab Dir noch gesagt, passt das überhaupt mit seinem Bauch und Deinem Hohlkreuz.«

Erneut Prusten. Einer entleerte dabei den kristallklaren Inhalt seines Munds über dem verklebten und überfüllten Tisch.

»Passt doch auf! Also, ich mach das nicht sauber, das ist ja ekelig. Das macht ein anderer sauber.«

Der kleine eher zurückhaltende Mann machte eine angewiderte Miene, er saß gegenüber dem Spuckenden, und er war von den Anwesenden der einzig richtig edel gekleidete. Die Antwort der anderen war deutlich lauteres Lachen und weiteres Prusten. Der mittlerweile klebrige Tisch glänzte in allen Formen des perfekten Partyfrusts.

»Die Flasche ist leer.«

Die Anwesenden vernahmen die Stimme ihres Silvesterabendgastgebers und verstummten selbst. Die Musik störte sich nicht daran, die Anlage trällerte mutig weiter, und keiner schien diese freudigen Klänge unterbrechen zu wollen.

Die einzige Frau am Tisch ließ ihre glitzernden Augen auf ihn schwenken, bei der Drehung des Kopfes strichen ihre roten, leicht gelockten Haare über die Schultern.

»Dann geht es jetzt endlich los?«

Sie schien erwartungsvoll, als wäre jetzt etwas eingetreten, von dem sie zwar gehört hatte, was ihr jedoch unwirklich erschienen war.

»Anfangen! Anfangen! Anfangen!«

Der Sprechchor der Männer war ein deutliches Signal, es ging tatsächlich los. Der Spucker von vorhin winkte mit seinen Händen die Rufe ab und verschaffte sich Gehör. Er wandte sich an den Gastgeber links von sich, welcher mit dem Gesicht in Richtung der Eingangstür saß.

»Okay, Charly, Du drehst zuerst.«

Diesmal war Charly das Ziel des lachenden Schwalles, der freundlich nickend den Spott auf sich nahm. Charly hieß eigentlich Karl, aber das interessierte niemanden.

»Sehr komisch Leute«, antwortete er, allerdings ohne Verbitterung, sondern mit einer guten Portion Humor, »aber fangen wir jetzt an. Die gleiche Prozedur wie letztes Jahr. Die gleiche Prozedur wie jedes Jahr. Ben, Du drehst.«

»Drehn! Drehn! Drehn!«

Der angesprochene namens Ben war der Spucker, und mit einer Armbewegung schleuderte er den Müll vom Tisch, welcher nicht weiter benötigt wurde, rechts von sich zu einem Mann, welcher mit einem Muskelshirt der am leichten bekleidetste Partygänger des Abends war. Dieser regte sich keineswegs auf, sondern schob alles grinsend vom Tisch auf den Boden. Der Penible sagte keinen Ton, aber er fand die Art und Weise mit dem Müll zu verfahren sichtlich nicht korrekt.

»Okay, Männer. Und Frau. Jetzt wird die Flasche gedreht.«

Ben erhob sich nahezu feierlich, die zuletzt geleerte Flasche Southern bereits in der Hand und legte sie auf die Mitte des Tisches. Mit einer geschickten nicht geübten Handbewegung versetzte er sie im Uhrzeigersinn in Drehung. Von Ben aus gestartet zeigte sie auf den Gastgeber neben dem links und rechts am Tisch zwar noch jemand Platz gehabt hätte, aber diese Plätze waren nicht belegt, dann auf den Peniblen, auf einen weiteren nett wirkenden farbigen hübschen jungen Mann, der aufgeregt umherblickte, auf das Muskelshirt, danach die junge Frau mit den rötlichen Haaren, auf Ben selbst, über den freien Platz auf Charly den Gastgeber, weiter, über den Peniblen, welcher erstarrt den Flaschenhals verfolgte, langsamer werdend, auf den Farbigen mit den zittrigen Händen zeigend. Und die Flasche dreht sich.

Bis sie schließlich mit dem Hals in Richtung des Muskelshirts stoppte. Das Muskelshirt holte tief Luft, der Brustkorb hob sich weit und senkte sich nachgiebig, die anderen glucksten aufgeregt und erfreut nicht zu Beginn erwischt worden zu sein, angesteckt von dem hellen Lachen Bens, der ewige Freude ausstrahlte. Die Drogen des Alkohols wirkten. Das Muskelshirt erhob sich, stürzte den Rest seines hochprozentigen Getränkes herunter und blickte in die Runde.

»Also, Männer. Und Julia. Also Frau. Männer und Frau, mich hat es wohl erwischt. Gut. Wir sind alle angetrunken ...«

Großes Gelächter.

»Gut, falls man dass noch so nennen kann. Wir haben Silvester, und wir haben eine nette Party gefeiert. Jetzt bin ich dran.«

»Odd man out! Odd man out! Odd man out ...«, scheien die anderen ihm grinsend zu.

»Schon gut, schon gut. Ich komme zur Sache. Ich kenne Euch nicht, Ihr kennt Euch nicht, dennoch sind wir alle hier, der Einladung gefolgt. Ich weiß nicht, wie viele ich hier auf Silvester erwartet hatte, keine Ahnung. Es ist schön, dass Ihr hier seid, und nicht ich alleine gekommen bin. Ihr wollt aber meine Geschichte hören.«

Erregtes Geklopfe auf den Tischkanten.

»Ich bin allein stehend. Arbeitslos. Ohne Job. Schon einige Zeit. Meine Gelerntes wird nicht mehr benötigt, ich bin zu alt um umzulernen und zu jung um auf einen Job verzichten zu können.«

Die anderen nickten. Nicht unbedingt mitfühlend, aber sie gaben sich alle Mühe zu verstehen. Vermutlich verstand niemand.

»Ich habe keine Chance mehr.«

»Odd man out! Odd man out! Odd man out!«

»Okay, okay. Das war meine Geschichte.«

Das Muskelshirt setzte sich wieder hin.

»Und ich hab ihm noch gesagt, kein Penis ist so hart wie das Leben«, ein Spruch von Ben dem Spucker.

Das Muskelshirt griff unter den Tisch. Die Hand hielt eine Pistole umklammert, als sie wieder empor kam. Das Muskelshirt setzte die Mündung an, schob den Lauf in den Mund und umfasste den kühlen Stahl mit den Lippen.

Mit erregter begierlicher Faszination blickte die Frau auf die sich dargebotene Situation, Bens Grinsen wurde immer breiter, der Penible zog die Stirn kraus.

Das Muskelshirt presste den Abzug und als seine hintere Hirnrinde platzte, flogen Blut und gräuliche Zellstücke an die Innenseite der Eingangstür. Der Körper prallte gegen die Rücklehne des Stuhles senkte sich wieder nach vorne, und der unverhohlen geöffnete Kopf fiel in das zersplitternde Glas. Odd man out.

Der Penible starrte stumm auf das abscheuliche Elend, der Farbige zitterte mehr und mehr, die Frau war lediglich fasziniert, ihre Augen blieben recht kühl, sie war wohl emotionslos, Ben bekam sein Grinsen nicht aus dem Gesicht. Er stand auf, kippte den Toten nach hinten, so dass man ihn am Boden liegend vom Tisch nicht mehr sah und wandte sich wieder zum Tisch, um die Flasche ein weiteres Mal zu drehen.

Sie schwang herum, zwei volle Drehungen, voller Spannungen erwarteten alle das Ziel, keiner wollte der nächste sein. Der Farbige hatte seine Hände wie im Gebet gefaltet.

Aber der Herr duldete keinen Aufschub. Die Flasche hielt an. Die Wahl war getroffen. Ben lachte laut, die anderen stimmten mit ein, bis auf den farbigen Mann mit den traurigen braunen Rehaugen, welcher sich erhob, und dessen Stimme schüchtern erklang.

»Ich bin wohl der nächste. Sei's drum. Es ist sowieso alles egal. Meine Geschichte ist schnell erzählt. Ich bin schwul.«

Er machte eine peinlich berührende Pause, in welcher er angstvoll die Reaktion der anderen abwartete, aber deren aufgeheizte, die eigenen Gefühle betäubende Stimmung, ließ keine der erwarteten Wirkungen dieses Bekenntnisses zu. Die Party war schließlich in vollem Gange. Er lächelte erfreut geduldet zu sein und sprach weiter, während die junge Frau neben Ben kicherte, weil dieser ihr etwas garantiert Schmutziges in das Ohr geflüstert hatte.

»Meine Eltern haben mich verstoßen, meine gesamte Familie hat den Kontakt abgebrochen. Ich kann so nicht weiter leben, ich will nicht mehr.«

»Odd man out! Odd man out! Odd man out ...«

Ben hatte den Ruf angestimmt, und sowohl der Penible wie auch die Rothaarige stimmten bald mit ein. Charly wirkte eher ein wenig ernst.

Der stehende Partygast setzte sich nicht erst, ein Glitzern befand sich in seiner Hand, und er schnitt sich seine Pulsadern mit einem Längsstrich parallel zum Arm auf. Das Blut spritzte umher, besudelte den Tisch, es verteilte sich im Takt der klingenden raschen Musik der guten besten Laune, während der Farbige tiefer sackte.

»Iiihhhh ...«

Diesmal konnte der Penible seinen Ekel nicht verbergen. Er schrie angewidert, was Ben noch lauter Lachen ließ.

Und die Flasche dreht sich. Party all around. Ben stimmte in die Musik mit einem leichten Grölen in der Stimme ein. Das nächste Ziel war auserkoren, es war der Penible.

»Hey, mach's nicht zu unrein. Ich mach hinterher nicht sauber.«

Bens Ironie und Sarkasmus waren auf nahezu tödliche Blicke gestoßen. Der Penible schaute säuerlich, während er den Ärmel seines linken Arms hinunter zog, um mit ihm, über die Hand gestreift, seinen Tischplatz ein wenig zu säubern. Danach zückte er eitel ein Beutelchen mit Pulver, das er mit sanften Handbewegungen gewissenhaft an der Markierung öffnete, um den Inhalt präzise in sein Glas zu schütten. Es ging, auch wenn seine Hände nach dem starken Alkoholkonsum leicht zitterten.

»Stopp, erst Deine Geschichte!« *unterbrach die Rothaarige die Zeremonie des Peniblen. Er sah sie mit einem Ausdruck der Entzürntheit an.*

»Geschichte?«

»Wie wir alle. Dein Grund.«

Der Penible schüttelte verständnislos den Kopf.

»Menschen machen keinen Selbstmord, weil sie dafür einen Grund haben, sondern weil ihnen ein Grund zum Weiterleben fehlt, Dummerchen. Warum sollte ich einen Grund brauchen? Wenn Ihr es könnt, kann ich es auch.«

Er stürzte das Glas mit einem großen Schluck hinunter. Seine letzte Bewegung vor dem Fallen, bei dem er seinen Stuhl umriss, war ein energisches Nicken.

Ben erhob sich, er kam aus dem Lachen über diesen Pedant nicht heraus. Ben schritt um den Tisch herum, an die Stelle, wo der Penible gesessen hatte, im Vorbeigehen klopfte er Charly freundlich auf die Schultern. Ungefähr gegenüber der Rothaarigen stehend, berührte er grinsend erneut die Flasche, als sie eine Bemerkung in die verringerte Neujahrspartyflüchtlingsrunde warf.

»Das ist wirklich krass.«

»Die zwei können ja sprechen«, grinste Ben den stumm zuschauenden Charly an.

»Du bist ja pervers, Ben.«

Ihre Antwort vernehmend prustete Ben.

»Pervers könntest Du mich nennen, wenn ich mir einen Gummihandschuh über den Unterarm ziehen würde.«

Er drehte die Flasche.

Ben ... Rothaarige ... Charly ... Ben ... Rothaarige ... Charly ... Ben ... Rothaarige ... Charly ... Ben ... Rothaarige ... Charly ... Ben ... Rothaarige.

»Bist auserwählt, Süße.«

Ben grinste lüstern. Er schlug den Kopf leicht schräg gestellt die Augenlider mehrmals auf und zu und meinte mit leiser Stimme: »Odd woman out.«

Sie zog eine Schnute, biss sich wütend auf die Unterlippe, bevor Charly sie beschwichtigend ansprach.

»Keinen Streit. Du bist dran, Julia.«

Julia nickte ziellos auf den Tisch starrend, danach stand auch sie auf, Charly anblickend, während sie sprach.

»Ich habe einen Typen abblitzen lassen. Eigentlich war es kein ... nun ja, er war irgendwie schon mein Freund. Kurze Zeit. Wie soll ich ... Er war mein Freund. Ich hab Schluss gemacht. Hat ihn schwer getroffen. Ich denke, ja, ich gebe zu, das habe ich falsch gemacht, ich habe ihn verletzt. Es ist schlecht gelaufen. Er konnte nichts dafür, nein, dass konnte er nicht.«

»Was ist das Problem? Ist er doch der Richtige?« runzelte Charly die Stirn.

»Eigentlich hatte ich ihn betrogen. Er hat uns gesehen und ist bestürzt abgehauen.«

Ben runzelte die Stirn.

Charly sagte: »Gib ihm ...«

Die Rothaarige sprach weiter, Charlys erneute Unterbrechung ignorierend.

»Ich habe ihn sehr schwer verletzt. Verdammt, dass hatte ich nicht geahnt. Ich hatte nicht daran gedacht, an seine Gefühle. Nur an mich. Ich habe es nicht gewusst.«

»Du hättest es wissen müssen«, warf Ben ein.

»Ja. Ja, verdammt. Aber ich kann es nicht än ... Es ist zu spät. Verdammt. Er ist, ist ... Es ist vorbei. Ich hatte ihn zerstört. Er hatte direkt danach einen tödlichen Autounfall.«

»Odd woman out«, flüsterte Ben ein weiteres Mal, seine Lippen waren nicht zum kleinsten Lächeln verzogen, aber die anderen beiden schauten ihn nicht an, zu sehr mit sich beschäftigt, vernahmen sie lediglich seine Stimme.

Die Rothaarige wandte sich daraufhin zu ihm, er grinste sie breit an, seine Pupillen zuckten umher, sie bloß nicht fokussierend.

»Ich bin schuld. Aber ich kann das nicht. Ich kann das nicht«, meinte sie den Kopf schüttelnd.

Ben schritt erneut um den Tisch, wieder ihm Uhrzeigersinn, also diesmal nicht an Charly vorbei. Sein Grinsen wuchs mit jedem Schritt im Takt zur Musik. Vor ihr blieb er stehen.

»Kein Problem. Gar kein Problem. Wir werden Dir helfen. Auch wenn Du ihm nicht geholfen hast, Dir wird geholfen. Du stehst schließlich auf der Gewinnerseite. Auch wenn Du den Hauptpreis verspielt hast.«

Sie kam zu keiner Antwort. Seine Hände pressten sich um ihren schlanken Hals und drückten kraftvoll. Sie schlug, zerrte, versuchte mit allen Mitteln sich zu lösen, aber Ben hielt sie unbarmherzig im Griff und nahm ihr die Lebensluft, seine tränenden Augen unfreiwillig zur Schau stellend. Sie fiel vor ihm zu Boden. Bens Blick folgte ihr, während er zu Charly sprach. Oder sprach er nur in die gefallene Partyrunde, ohne ein bestimmtes Ziel?

»Ich wurde enttäuscht. Abgelehnt ohne Erklärung. Meine Gefühle vernichtet, ins absolute Gegenteil umgekehrt, keine Hoffnung wurde übrig gelassen. Jedes Gefühl von Wut in mir richtet sich gegen mich selbst, ich fügte mir alle Arten von Schaden zu, auf tausende Weisen, Schmerzen, immer wieder und wieder. Träume quälen mich, Träume von ihr. Wie sie mich peinigt, wie sie ihre kostbare Zeit mit anderen verbringt, über mich lachend, mich auslachend. Trotzdem vermisse ich sie endlos. Ich bin zerstört, mein Ego vernichtet, zitternd meine Hände, ohne dieses göttliche Lebenselixier an mich denkend zu spüren. Sie hat das getan, ohne Rücksicht. Wissend, sie kann davon keine Unkenntnis gehabt haben. Sie hat sich nicht gemeldet als es wichtig war, nicht über die Feiertage, sie wird sich auch heute nicht melden. Obwohl es so wichtig gewesen wäre, wenn die letzten Worte gestimmt hätten, dass ich ihr trotzdem etwas bedeute. Sie hat wohl gelogen, und ich Trottel habe ihr vertraut, bis zum Schluss. Ich Trottel. Ich Versager.«

Das Messer landete tief in seinem Magen. Er war am Ende angekommen. Nichts im Leben ist umsonst, der Tod kostet das Leben, doch ich bin bereit den Preis dafür zu zahlen.

Der leblose Körper fiel auf den Tisch, die Flasche anstoßend, bevor er zu Boden sackte. Die vorherigen Tränen, welche seine Augen verlassen hatten, bildeten beim Rutschen zu Boden tropfend zwei kleine nebeneinander verlaufende Rinnsaale. Ebenso zog seine blutige Wunde eine letzte Spur.

Die Flasche drehte sich vom Tod bewegt.

»Und wer hilft mir?«

Der querschnittsgelähmte Mann ohne Hoffnung jemals wieder etwas unterhalb seines Halses bewegen zu können, starrte verloren und einsam auf die Flasche.

Und die Flasche dreht sich…

17.

Als Richard seine Geschichte beendet hatte, war er noch völlig in diesem Teil seiner Welt gefangen. Es dauerte Momente, bis in die Realität zurückkehrte und zu seiner Nachbarin sah, die ihn unentwegt musterte. Er musste ihr einfach die Frage stellen, die ihm auf den Lippen brannte: »Wie wirkt sie?«

Sie leerte ihren Kaffee, den sie langsam während des Vorlesens getrunken hatte und meinte beim Absetzen der Tasse mit sanfter Stimme: »Darüber muss ich erst einmal nachdenken«, dann erhob sie sich, wuschelte Richard im Vorbeigehen durchs Haar und ging hinein. Richard sah ihr nach und bemerkte, wie sie im Inneren des Cafés auf Toilette verschwand. Ebenso war er nicht die einzige Person, die der Unbekannten nachsah, die Kellnerin konnte den Blick nicht von ihr wenden und ging ihr dann hinterher. Richard fühlte seinen Magen, wie er sich aufbäumte und ihn niederzwang. Diesmal lag es nicht an der Ernährung. Sein Blick fiel auf den Tisch, sie hatte einen kleinen Stapel mit leerem Papier dort liegen, beschwert mit einem handlichen Notizbuch. Auf dem obersten Blatt des Stapels rangen schnell gestaltete Skizzen um die Gunst des Beobachters, rasch mit Papier hingekritzelt um Szenen aus Richards Geschichte festzuhalten. Er sah eine Tischrunde mit düsteren kargen Figuren, er sah skurrile Portraits der Figuren, so zart aufgemalt, dass sie wirkten, als könnte ein Luftzug sie vom Papier wehen.

Aber Richard ignorierte die Bilder, als er das Papier deutlicher als solches wahrnahm. Rasch zog er ein Blatt von unten aus dem Stapel und stopfte es rasch in seinen Rucksack. Mit einem Seitenblick überzeugte er sich davon, dass sie immer noch in dem Café verweilte und griff ihr Notizbuch. Er blätterte darin herum, viele Skizzen, hübsche Portraits, Richard glaubte einige Studenten und Studentinnen aus der Uni wieder zu erkennen. Teilweise daneben mit einer geschwungenen Handschrift, die besonders die Kringeln vom ‚G' zu betonen schien, ein Name, eine Nummer oder eine Adresse und Uhrzeiten mit vergangenen Datumsangaben. Die wenigen vorhandenen Namen schienen alle aus einer Phantasiewelt zu stammen: Illumiélle, Lavatha, Caylin und weitere. Aus Sorge, dass die Zeit ihm davonlief, wagte er es nicht jede Seite anzusehen und suchte rasch die letzte beschriebene. Es war eine Doppelseite. Abgebildet waren ein männliches herbes Gesicht und eine weibliches Gegenstück, das sehr arrogant überzeichnet war.

Daneben stand das heutige Datum mit dem Monatsnamen schön ausgeschrieben, etwas von 22 Uhr abends und eine Adresse, die in den Fabrikgeländen im Dortmunder Norden lag. Richard sagte die Adresse noch nichts, aber er prägte sie sich in der ihm üblichen Geschwindigkeit sofort ein, bemerkte dann, dass sich auf der rechten Seite des aufgeschlagenen Heftes eine Zeichnung befand, die ihm selber sehr nahe kam.

Als er eine Bewegung aus den Augenwinkeln wahrnahm schloss er das Heft, legte es hastig zurück und schaute danach über seine Schulter. Seine Unbekannte stand vor der Kellnerin, hatte sie in den langen geschmeidigen blonden Haaren gepackt, den Kopf dabei in den Nacken gezogen und gab ihr einen Kuss, der auf Richard keineswegs freundschaftlich wirkte, sondern sehr tief zu gehen schien. Abrupt ließ sie von dem zitternden Mädchen ab und kam wieder raus zu Richard, setzte sich jedoch nicht, sondern packte ihre Sachen rasch in ihre dunkle Tasche und schulterte diese um Richard dann anzublicken, ihm verführerisch zuzuzwinkern und zu seiner weiteren Verwirrung zu sagen »Ich werde darüber nachdenken«, bevor sie ihm einen Handkuss zuwarf und lässig davon schlenderte.

»Wie heißt Du eigentlich?«, fragte Richard hinter ihr her rufend und versuchte beiläufig zu klingen.

»Wie möchtest Du mich denn nennen?«, rief sie über die Schulter zurück.

Sie ging davon und ließ Richard schweigend zurück. Es war, als hätte er einen Engel kennen gelernt. Aber Richard spürte nicht die geringste Gewissheit, aus welchen Sphären dieser Engel stammte.

18.

Klaus Brenninger fuhr sich über den Kinnbart und beobachtete die Schlangen zur Mensa im Norden der Universität Dortmund. Bei den unzähligen Studenten die hier mittags ein und ausgingen war es nicht leicht ein Gesicht zu entdecken. Dazu kam die Unsicherheit, ob sie hier überhaupt speisen ging. Er nahm sich ein paar Minuten, aber mehr um die vielen jungen Frauen anzusehen, als dass er seinem eigentlichen Anliegen gute Chancen beimaß. Die Studenten und Universitätsangehörige kamen herein durch die mehreren doppelflügigen Türen, traten zu den Essenkarussellen, auf denen Speisetabletts rotierten. Die Tabletts hatten mehrere getrennte Vertiefungen, auf ihnen befand sich bereits eines der jeweiligen Hauptgerichte, zweimal Fleisch, einmal vegetarisch. Zusätzlich zu den Hauptgerichten fuhren Beilagen in kleinen Schalen im Kreis. Eklig, das Hauptessen direkt auf dem Plastik des Tablettes. Was der Hunger – und der subventionierte Studentenpreis – nicht alles essen ließen. Die ganze Einrichtung hatte den Charme eines siebziger Jahre Baus. In der Kolonne nahmen sich die Studenten ein Tablett, im Schnitt ein bis drei Beilagen, dann traten sie in die Kassenschlange, um dort eventuell noch um ein Getränk oder Eis aufzustocken.

Brenninger verließ die Mensa und nahm wieder die Treppe ins Erdgeschoß des Gebäudes. Hier unten war die große Halle mit den Treppen hoch zur Mensa, den vielen Pinwänden, dem Buchladen, einem Kiosk und dem Eingang zum Studentencafé. Der Polizeibeamte schlenderte über die abgenutzten Fliesen in Richtung des Cafés. Dabei fiel sein

Blick im Vorübergehen erneut auf die Essensauslage in der Halle. Unter einem Glas waren drei Formtabletts aufgebahrt, mit Proben des heutigen Essens aus der Kantine. Die Scheibe war besudelt von Dampf. Brenninger verspürte alles andere als Hunger, während er sich die Auswahl ansah.

Das Café war gut besucht, aber die Schlangen dort verhältnismäßig kurz. Anscheinend war der Andrang jetzt tatsächlich eher in der eigentlichen Mensa. Mit einem Ausdruck aus dem Video bewaffnet, der lediglich das Gesicht der attraktiven jungen Frau zeigte, klapperte Klaus Brenninger die Kassen ab und fragte die Bediensteten ob sie das Bild erkannten. Die junge Dame schien tatsächlich Studentin zu sein und oft das Café zu besuchen, drei der Kassiererinnen hatten sie schon häufig gesehen, gaben sie ihm Auskunft. Meist nachmittags gegen drei. Brenninger befragte auch noch den Mann am Kiosk und klapperte im Anschluss wieder die Mensaschlangen ab, fragte immer wieder einige Studenten, es ergab sich nichts Neues. Er wollte trotzdem keine Zeit vergeuden. Bis kurz vor drei hatten etliche Menschen das Bild gesehen und entweder genickt oder den Kopf geschüttelt, aber Genaueres hatte ihm niemand sagen können oder wollen.

Brenninger begab sich wieder zum Café, holte sich einen Kakao und nahm Platz an einem zentralen Tisch, an dem er die Eingänge und die Kassen im Blick hatte. Sicherlich würde er hier an einem Tag der Woche Glück haben. Es gab schlimmeres als in einem Studentencafé warten zu müssen. Aber er kannte Henricksen, der wenig Geduld besaß. Also hoffte er, sie heute bereits anzutreffen. Seine Hände zappelten über seine Knie, wenn sie nicht gerade die Apfelschorle zum Mund führten.

19.

Richard hatte sich eine dunkle Jeans und einen dünnen schwarzen Pullover angezogen. Zwar war es nicht kalt, höchstens seit Beginn des Abends ein wenig kühl, aber seit seinem zu starken Körperwandel verspürte er schnell ein Frieren. Im Dämmerlicht verließ er seine Wohnung und seine Beine trugen ihn mit langsamen Schritten fort. Er ging lediglich ein kurzes Stück über die Brückstrasse, da ihn sein Weg in den Dortmunder Norden führte.

Diese Frau ließ seine Gedanken nicht los. Ihr Name. Kannte er ihn? Wie wollte er sie nennen? Welcher Name passte zu ihr? Wie würde es ihm gelingen ausreichend Distanz zu waren? Und er hatte das Papier verglichen. Sie würde Tom nie wieder sehen, genauso wenig wie er selbst. Ihn ließ dies gelassen, Tom hatte ihm den größten Schmerz zugeführt, den er jemals empfunden hatte, eine Qual die Richards vorheriges Leben zunichte und ihn zu einem anderen geführt hatte. Nicht die schleichende Pein von früher, wo Tom unwissend in Richard Träumen erschienen war, nein ein Schmerz so direkt und wissentlich, das Tom für immer Richard Zorn und Hass auf sich gezogen hatte. Die Zieladresse war nicht weit, er würde sie bald erreichen.

20.

Brenninger trat ins Treppenhaus des Mietshauses und erklomm die Stufen. Es war schon spät, eigentlich hatte er längst Feierabend. Allerdings hatte er sich die Stunden seit vier Uhr nachmittags bis jetzt frei genommen und sich entschlossen heute noch zu der Adresse zu fahren, damit er morgen Henricksen etwas vorweisen konnte. Die Rothaarige hatte leider das Café diesmal nicht besucht, aber eine der Bedienungen hatte ihm eine Tischgruppe von Leuten gezeigt, die sonst mit ihr hier waren. Von einem der Studenten hatte er den Namen und die Adresse der Dame erfahren, und den Hinweis, dass sie ab 22 Uhr zu Hause anzutreffen sei. Das Wohnheim wies eine bemerkenswerte Geräuschkulisse auf und auch einige Gerüche, bei denen Brenninger nicht den Drang verspürte, herauszufinden woher sie stammten. Er klingelte an der Tür im siebten Stock, auf der sich an einem Schild der richtige Name befand. Fahrstühle waren für ihn unnötiger Komfort.

Es dauerte eine Weile, bis ihm vorsichtig ein ca. zwanzig Zentimeter großer Spalt geöffnet wurde. Er grinste – Studenten. Sicherlich hatte sie erst den Fernseher ausgemacht und das Radio versteckt, die GEZ trat immerhin zu den undenkbarsten Uhrzeiten mit ihren fast schon illegal anmutenden Kontrollen auf.

»Guten Abend, mein Name ist Klaus Brenninger. Ich komme von der Kriminalpolizei, hier ist mein Ausweis«, er hielt ihr seinen Ausweis deutlich sichtbar ins Blickfeld, während er weiter sprach: »sind Sie Jennifer Pohlmann?«

Sie nickte ihm argwöhnisch zu. Sie sah sehr attraktiv aus, wobei er im Augenblick das Gesicht bewertete, der Rest war hinter der Tür versteckt. Außerdem versuchte er nicht an das zu denken, was er bereits von ihr erblickt hatte.

»Ich habe einige Fragen bezüglich Tom Baumgartner. Darf ich eintreten, oder setzen wir uns ins Treppenhaus?«

Ihre Wangen waren bei dem Namen rot angelaufen, aber sie öffnete die Kette sowie die Tür und bat ihn in die Küche. Er folgte ihr und nahm dort an einem kleinen Tisch mit zwei Stühlen Platz.

»Sie wohnen hier allein?«

Sie räumte das Geschirr auf der Arbeitsplatte ein wenig zur Seite, es erschien mehr wie eine Ablenkung um ihn nicht direkt anzusehen. Sie trug ein knappes Top und eine noch knappere Shorts, beides in dunklem Rot. Ihr rotes Haar fiel auf ihre Schultern. Nach dem Video blieb seiner Phantasie nicht viel Spielraum, dennoch stellte er sich beim Betrachten einiges vor, das ihm nicht gelang vollständig zu verdrängen.

»Nein, meine Mitbewohnerin ist aber diese Woche nicht hier. Mögen Sie etwas Schokolade?«

Er blickte auf die verführend angebotenen Pralinen und erahnte die feindliche Füllung. Brenninger schüttelte freundlich den Kopf.

»Ich habe Schokolade für mein Leben gern«, sagte sie beiläufig und mit nervösem Klang, als sie sich zwei Ergötzlichkeiten in den Mund schob und sich wieder zur Küchenfront drehte.

»Ich komme wegen einer traurigen Angelegenheit, Frau Pohlmann. Ihr Freund ist leider verstorben.«

Mit Absicht nannte er keine Details, ihn interessierte wie viel sie bereits wusste. Er sah ihre Hände abrupt stoppen, und ihr Körper verkrampfte sich.

»Anscheinend hatte er seine Selbsttötung geplant.«

Er hört ein Aufschluchzen, aber genauso rasch riss sie sich wieder zusammen. Dann wandte sie sich ihm zu, und er sah ihre Tränen in den Augenwinkeln.

»Richard ist tot?«

21.

Vorsichtig ging Richard die lange Kellertreppe dieses verlassenen Gebäudes hinunter. Nur der Schein einer fernen Baustellenlampe schien auf die ersten paar Stufen. Spätestens nachdem die Treppe einen neunzig Grad Winkel machte, drang das Licht nicht weiter, und er tastete sich mit denen Füßen voran. Trotz der Schuhe bemerkte er einige feuchte Stellen, Pfützen mit gesammeltem Regenwasser auf der Betontreppe, die noch nicht verdunstet waren. Seine Hände spürten den rauen Stein an den Seitenwänden, er konnte ohne weit zu fassen beide Seiten gleichzeitig erreichen, die Wände waren ca. einen Meter zwanzig von einander entfernt.

Die Treppe mündete in einen genauso engen Gang, Richard wäre fast gestolpert, als die Stufen in der Dunkelheit für ihn abrupt endeten. Er fing sich gerade noch und stand für einen Augenblick in dem modrig riechenden Gang, lauschend. Er vernahm Windgeräusche, was ihn zusätzlich irritierte, da es heute eigentlich ein absolut windstiller Tag war. Dabei fragte er sich, was ihn eigentlich hergeführt hatte, bis es ihm gelang seinen Kopf von diesen Gedanken zu lösen.

Zwischen dem lauten Getöse meinte er einmal das leise Kichern einer Frau zu hören, es klang ein wenig wie Schadenfreude. Aber noch bevor er sich sicher war, es auch tatsächlich gehört zu haben, war es wieder verstummt. Richard zog sein Handy aus der Hosentasche und nutzte den knappen Schein des aktivierten Displays um sich zurechtzufinden. Er war in dem Kellergewölbe einer alten

Bauruine, dieser Gang schien sich in zahllose weitere aufzuspalten, denen er zu folgen versuchte, sich immer in Richtung der lauter werdenden Windgeräusche wendend. Einen Luftzug selbst konnte er dabei nicht spüren.

Richard erreichte einen größeren Raum des düsteren Kellergewölbes. Er stand dabei im Schatten auf einer Art Empore. Eine gemauerte Brüstung, die ihm bis zur Hüfte reichte, bildete die Grenze zu der eigentlichen Kellerhalle. Am seitlichen Ende der Brüstung ging eine Treppe nach unten. Richard hatte sein Handy wieder in der Hosentasche verstaut, er war am Ziel der Geräusche angekommen, oder besser gesagt am Ort der Handlung. Die Windgeräusche hier waren recht laut, aber auch eine Spur unwirklich, sie wurden auf irgendeine Art abgespielt um eine Kulisse zu bieten, vermutete er.

Der Raum war erleuchtet vom Schein dreier Feuer, welche in metallen wirkenden offenen Fässern brannten. Die Lichtschatten wanderten über die kargen grauschwarzen Wände. Der Boden war sandig und steinig. Hier oben, wo er stand, fiel kaum ein Lichtstrahl hin, so dass er wenn er sich knapp an die Brüstung wagte, eigentlich nicht zu sehen war. Aber von den drei Personen, die er bemerkte, blickte ohnehin niemand in seine Richtung.

Eine junge Frau, die mit ihrer linken Seite zu Richard stand, in einem hübschen Abendkleid, größtenteils in Rottönen mit braunen gelockten Haaren, ruhte ein wenig abseits und beobachtete die beiden anderen scheinbar amüsiert. Sie kicherte mehrfach, dass musste genau das Kichern gewesen sein, welches er vorher vernommen hatte. Sie war vielleicht dreißig Jahre alt, sehr hübsch auf eine niedliche Art. Das Kleid betonte ihre gute Figur und unterstützte ihre natürliche Attraktivität, wenngleich es nicht in dieses Ambiente zu passen schien. Sie wirkte verspielt und belustigt. Ihr roter Lippenstift glühte in den Flammen des Feuers.

Sie beobachtete ein anderes Pärchen, bestehend aus einem Mann und einer Frau. Beide standen mit dem Rücken zu Richard vor einem aus denselben groben verrotteten Steinen gemauerten Block, der wie eine Art hässlicher Altar wirkte, mit grober Oberfläche und spitzen Kanten. Die Frau – Richard vermutete, dass es eine Frau war, ihre langen Haare zierten den Rücken – hatte sich mit den Händen auf diesem Altar aufgestützt, ihr Körper war leicht nach vorn gebeugt. Die Haare reflektierten kein Licht, sie wirkten fast unnatürlich und mussten Pechschwarz sein.

Der Mann stand in dieselbe Richtung gewand hinter ihr, ein wenig seitlich versetzt. Er trug einen Abendanzug, vielleicht ein Smoking, Richard konnte es bei dem flackernden Licht nicht so gut erkennen und achtete auch nicht so sehr darauf. Interessanter war ihre Kleidung.

Er wusste nicht, welches Material es war, aber es schien sich um Latex zu handeln. Sie trug eine eng anliegende dunkle Hose, die langen wohlgeformten Beine kein bisschen verbergend, und sie schien fließend in hochabsätzige Stiefel überzugehen. Ihre Arme zeigen Haut, aber ihr Rücken war ebenfalls von dunkler Kleidung überzogen, die am Hals in einen Kragen überging und somit ihren Nacken verdeckte, was im Übrigen die Haare ebenfalls erledigten.

Zusammenfassend sah Richard also in der Rückansicht pechschwarze lange Haare, die bis zu den Hüften reichten, ein dunkles Oberteil ohne Ärmel das eins mit der Hose schien, die Lackstiefel, welche die Frau mindestens acht

Zentimeter erhoben, und einen freien Po. Fein säuberlich war die Hose so geschnitten, dass sie genau ihre Hinterbacken frei ließ. Auf die nackte Haut prügelte der Mann brutal und feste mit einem Stock ein, die Frau im Abendkleid hatte ihren kindlichen Spaß, und die Gepeinigte stieß laute Schmerzensschreie aus, bewegte sich jedoch nicht weg von dem kargen Steinblock, obwohl sie frei schien dies zu tun. Mit jedem Schrei war es Richard, als schlüge der Mann heftiger zu, als kicherte die Dame lauter, und als fesselte ihn die Situation mehr zur Untätigkeit. Er konnte nicht reagieren. Er war lediglich ein Beobachter, ein Störenfried, der sich unerkannt im Schatten versteckte.

Dann eine weibliche laute Stimme, die den Raum erfüllte: »Lass sie knien!«

Herrisch, die sofortige Ausführung des Kommandos verlangend. Richard blickte zu der Dame, aber sie hatte nicht gesprochen. Die Stimme schien von weiter hinten zu kommen, aus den Schatten auf der anderen Seite des Raumes. Richard schaute hinüber, aber er sah nur Schwärze. Er trat einen Schritt zurück, weiter von der Brüstung weg, aber nur so weit, dass er weiterhin alles erkennen konnte.

Der Mann schlug ein weiteres Mal zu, gewalttätiger als zuvor und der Schrei der Geschlagenen war dermaßen laut und lang, dass Richard noch ein Stück zurückwich und sich die Ohren hielt. Der Schrei bereitete ihm Qualen. Der Mann packte die Frau grob an der Schulter und riss sie herum. Richard starrte auf ihre nackten Brüste die vorn aus dem dermaßen großen Dekolleté ragten, dass es die wohligen Brüste nicht einmal ansatzweise verdeckte und oben direkt in den Kragen überging, der den Nacken zusätzlich zu den Haaren verdeckt hatte. Die Brustwarzen waren natürlich und ansehnlich, große rosa Knospen die selbst auf die Entfernung verlockend zu ihm schienen. Am Ansatz des linken Busens befand sich innen ein tätowierter schwarzer Schmetterling. Richard vernahm eine schallende Ohrfeige und sah die rot gefärbte Wange der jungen Frau. In dem Licht und dank intensiver heller Schminke konnte er ihre Gesichtszüge nicht perfekt erkennen, aber er kannte sie. Erkannte sie.

Der Mann schlug wieder mit der Hand grob in ihr Gesicht, und ihr Körper schwang vom Schlag zur Seite. Richard spürte einen Drang in sich einzugreifen, sein ganzer Körper war jedoch wie gelähmt, und er blieb passiv. Seine Augen waren gefesselt, er verstand nichts. Der Mann warf die Schönheit mit einem Griff in den Nacken rücksichtslos zu Boden, zog mit einem schnellen Ruck seinen Gürtel aus der Hose, ein schwarzer Lederstriemen mit einer silbernen Schnalle, den Stock hatte er fallen gelassen. Er nahm Ende und Schnalle des Gürtels in die Hand. Erneut die sich tief in seinen Kopf brennende Stimme, weiblich und melodisch klingend, aber mit einem schrecklichen herrschenden Unterton: »Gib Dich hin und lass Dich ficken!«

Richard musste würgen, als er sah, wie die Smokinghose des Mannes an den Beinen entlang zu Boden rutschte, keine Wäsche darunter offenbarte, aber dessen Glied sich steif aufreckte, aus den Fesseln des Stoffs befreit. Richard sah nicht wo er es her hatte, aber dass der Fremde schnell ein Kondom über seinen steifen Penis zog und sich hinter die geschlagene Frau, die im Dreck kniete und sich mit nackten Händen mit ausgestreckten Fingen in den steinigen und schmutzigen Boden stützte, stellte. Der Mann peitschte seinen Schwanz hart in sie hinein, ihren Rücken dabei dazu passend mit dem Lederstriemen malträtierend. Ihre Schreie verdeckten das Geräusch als Richard hinter der Empore zusammensackte um sich im Dunklen röchelnd zu erbrechen, und sie deuteten darauf hin, dass die Schläge trotz der Lackschicht auf der Haut brannten.

Er verlor das Gefühl dafür wie lange es dauerte, er hörte nur die Schreie, hatte sie versucht aus seinem Kopf zu halten indem er sich die Hände vor die Ohren presste, wagte nicht wieder über die Brüstung zu sehen, das Bild des Mannes der die Ergebende unnachgiebig fickte und zügellos peitschte sah er ohnehin vor sich. Schließlich hörte er erneut die Stimme, klar und deutlich über die Schreie hinweg war sie zu vernehmen, wie ein Hoffnungsschimmer der auftaucht.

»Spritz in sie!«

Richard wusste im Nachhinein nicht mehr, was jetzt lauter war, das Knallen des Leders auf den geschundenen Rücken, die Schmerzensschreie, das schrille und arrogante Lachen der Zuschauerin oder das schriller gewordene Stöhnen und lustvolle Aufkreischen des Mannes dessen Schwanz sich kraftvoll ergoss. Richard schloss für eine Sekunde die Augen, bevor er sich aufrichtete und wieder hinab spähte. Der Schwanz prallte mehrere Male hart in die Frau, der Körper des Mannes zuckte und schließlich schlug er ein letztes Mal hart zu. Die kniende Lustdienerin ließ ihn eine Zeitlang seinen jetzt erst vom Kondom befreiten Schwanz an ihrem Hintern abwischen, das Gummi lag achtlos neben der Frau im Schmutz. Die gezierte Dame im Hintergrund applaudierte ekelerregend. Richard vernahm den Geruch seiner Übelkeit und zu seinem Schrecken den engen Platz in der eigenen Hose. Der Mann schlug spielerisch mit dem Gürtel gegen den Arsch der sich vor ihm darbot und betrachtete sein Werk von Wunden auf den prallen Backen. Die Dame trat näher an ihn und umarmte ihn von hinten, ihm etwas ins Ohr flüsternd und dann laut kichernd.

22.

Die Sklavin erhob sich und drehte sich herum. Für einen Augenblick fokussierten ihre Pupillen Richard und bohrten sich tief in seine Seele, obwohl er nicht wusste, ob er in der Dunkelheit sichtbar war. Es war ein prägnanter Abdruck der in Ewigkeit bleiben würde. Ihr Blick war frei von Schmerz, voller Stärke und mit einem Lächeln, das wie ein Schlag wirkte. Sie wandte sich dem Pärchen zu, als die Dame gerade böse grinsend mit einer viel zu hellen Stimme sagte: »Hat mein Mann es Dir ordentlich gegeben, dreckige Fotze?«

Richard spürte ein Schmerzen in seiner Brust, als wenn jemand mit einem spitzen Gegenstand tief hinein gebohrt hätte. Doch der Gesichtsausdruck der Erniedrigten änderte sich nicht, er schien vielleicht noch eine kleine Spur belustigter. Der Mann wich ein Stück zurück, als hätte sie ihn mit ihrem Blick geschlagen und verletzt, und seine Frau stolperte leicht, als er sie, die sich an ihn angelehnt hatte dabei nach hinten presste. Mit diesen Augen schien sie eine seltsame Macht auf ihn auszuüben, als hätte sie ihn gerade für immer an sich gebunden und abhängig gemacht. Selbst Richard spürte die Angst, dass sie dies nie wieder zulassen würde, und die Sucht ausnutzte.

»Zieh Dich an, Sklavin!«

Die Stimme aus dem Hintergrund. Fast ein wenig sanft, dennoch ein Befehl. Der Mann konnte wie Richard und auch die Dame keinen Augenblick die Aufmerksamkeit von den Bewegungen der Frau nehmen. Sie stand so aufrecht, Richard blickte sie an und konnte nicht nachvollziehen, wie sie nach dem gerade Geschehenen dermaßen beherrscht wirken konnte. Ihr Lippen verzogen sich noch einmal zu einem süffisanten Grinsen, dann bewegte sie lustvoll ihre Zunge darüber und der nackte Schwanz des Mannes erregierte erneut wie auf Kommando, während ihre Augen ihn funkelnd betrachteten. Richard spürte die Anspannung bei dem Mann, während die Dame mit einem wütenden Blick die vorherige Sklavin anzusehen schien, als diese sich mit einer herablassenden Handbewegung wegdrehte und zum Altar trat wo sie sich grazil hinunterbeugte um einen schwarzen Mantel aufzuheben.

Richard hatte den Eindruck, dass der Penis des Mannes gierig zuckte, als ihr nackter von ihm besudelter Hintern sich offerierte. Wie auch Richards eigenes Organ anschwoll. Mit einer gewandten Drehung glitt sie in den Mantel und schloss ihn um sich, das eng anliegende Stück verdeckte die nackte Haut ihres Oberkörpers, und trotz der Kürze ließ er lediglich einen Blick auf ihre langen Beine zu. Der Mann schien mit sich zu kämpfen nicht über sie herzufallen und sie auf der Stelle erneut zu ficken. Doch ihr Blick und vielleicht auch die Macht der unbekannten Stimme schienen wie ein Bann auf ihn zu wirken. Wieder flüsterte die damenhafte Ehefrau ihrem Mann etwas ins Ohr, aber er bemerkte ihre Stimme nicht einmal. Dafür die Stimme aus der Dunkelheit, die ihm eine letzte Anweisung gab, mit einer dermaßen freundlichen sanften klaren Stimme, die so wenig einem Befehl glich, dass es sarkastisch wirkte: »Nur was Du jetzt hier mit Deiner Frau machst, darfst Du vielleicht einmal mit meiner Sklavin tun.«

Richard sah, wie die Sklavin auf die Dame von gerade schaute und ihr beinahe zärtlich zulächelte. Der wütende Blick der Dame fiel in sich zusammen als ihr Ehemann sich wie in Trance zügig mit den Füßen die Schuhe aushakte und die Smokinghose komplett abstrampelte. Die Dame stotterte einen Namen und wich aus der engen rückwärtigen Umklammerung zurück in Richtung der Stelle, an der sie die Behandlung der geprügelten Dienerin vor wenigen Momenten kichernd verfolgt hatte, Ungläubigkeit im Blick. Der Mann ließ das Jackett zu Boden gleiten und riss sich das darunter liegende weiße Hemd und die Fliege von Gier gelenkt ab, als könne er es nicht erwarten dem Vorschlag nachzukommen. Die Dame schrie erneut den Namen, den Richard nicht vernahm, weil er nicht hinhörte. Entsetzen entwickelte sich in ihrer Miene. Er sah, wie der muskulöse Mann wieder den Ledergürtel griff und bemerkte wie die schöne Frau liebevoll den Zeigefinger an die Lippen führte, wie als Zeichen, das die Dame besser still sein sollte. Diese sah voller Grauen zurück und verstummte in diesem Moment der Geste nicht, die aussagte, was die geübte Sklavin längst wusste. Ein Schrei trieb das Geschehen an. Jeder Schrei.

Richard sah in stillem Entsetzen und voller Faszination das Muskelspiel des durchtrainierten Mannes, als er seiner Ehefrau mit voller Kraft mit dem Leder ins Gesicht schlug, diese zu Boden sackte und lauter schrie als alles, was Richard vorher an diesem Abend vernommen hatte. Der Mann packte sie an den braunen Locken und riss sie einfach wieder hoch, stieß sie gegen die stille Wand, welche alle Schreie ohne Protest in ihren Steinen aufnahm und peitschte sie wie in einer Ekstase aus, die nicht zu enden schien. Er ruckte an den Trägern ihres roten Kleids und riss es entzwei, es fiel auf den sandigen Fußboden. Dann fing er an auf ihre nackte Haut einzuschlagen. Als sie scheinbar davon rennen wollte schlug er ihr mit der Handfläche ins Gesicht, was sie wieder zur Wand schleuderte. Er peitschte ihre Brüste.

Richard schaute nach links und sah, dass die Frau in Schwarz in der Dunkelheit am Ende des Raumes elegant gehend verschwand. Sie wandte sich nicht mehr um, aber Richard spürte, dass sie ein Lächeln auf den Lippen trug. Als er wieder nach rechts blickte, sah er, wie der Mann die Frau mit ihren frei daliegenden festen kleinen Brüsten an die Wand presste und ihr Hinterteil nahm. Sie schrie – Schreie die so laut waren, dass Richard sie gar nicht mehr als reine Schreie wahrnahm, sondern Geschrei, an das er sich ein Leben lang erinnern würde – und wandte sich, er packte sie mit seinen kräftigen Händen am Nacken und presste sie an die Wand, das Gesicht von den rauen Steinen aufgeritzt.

Richard wusste nicht wie lange das ging, es erschien endlos. Schließlich zog der scheinbar völlig außer Kontrolle zu geratene Mann seine Frau von der Wand weg und schubste sie zum Altar. Sie nahm den am Boden liegenden Stock auf, hielt sich am scharfen Rand mit ihren grazilen Fingern fest, zog sich daran hoch, floh auf den Altar und legte sich hin, erschöpft, verheult, wimmernd statt schreiend und mit aufgeschürften Händen, Wangen und Brüsten von den Steinen. Der Mann trat schwer atmend nah heran, seine Muskeln glänzend im Schein des Feuers, er war verschwitzt. Sie hob den Stock, er den Arm mit dem Gürtel und ließ ihn wie einen Blitz hinabschnellen. Der Stock flog aus ihrer Hand, über die Flammen des Feuers, das Gezüngel senkte ihn dabei an, und er fiel glühend. Richard dachte gerade die folgenden Schreie nicht weiter ertragen zu können, als er einen weichen Druck an seinem Rücken spürte, ein Arm sich um ihn und eine Hand sich auf seine Brust legte. Er sah hinab und sah die schönen langgliedrigen Finger, die er bereits vorher gesehen hatte. Sie streichelte ihn vorsichtig und dabei schien sie ihn mit sanfter Gewalt in ihrem Griff festzuhalten. Er bekam einen Kuss auf seinen Hals und eine zweite Hand schob sich von rechts hinab in seine Hose, fand geschickt seinen Schwanz und begann das erregierte Glied geübt zu massieren. Er lehnte sich ein Stück nach hinten und ließ es geschehen. Es war so sanft und wunderbar, ihre Hände voller Anmut. Die Stimme der vorhin so gewalttätig genommenen Frau, erklang an seinen Ohr mit einem Flüstern: »Sie braucht das. Einmal richtig gefickt werden. Hiernach wird sie erst wirklich leben, und die Ehe der zwei sich wandeln.«

Bei dem letzten Satz war ihm, als wenn sie leise kicherte, und er stand zwischen Himmel und Hölle. Er begann zu stöhnen und zwang sich es leise zu halten, aber bei den Schreien hätte man ihn unten ohnehin nicht vernommen. Ihr Handbewegungen waren perfekt auf die Bedürfnisse seines Schwanzes angepasst, sie wusste wie sie ihn steif hielt, ihn antrieb und ihn dennoch so unter Kontrolle hielt, dass er nicht direkt abspritzte. Richard war verloren.

Sie wisperte: »Wenn man an Deiner Geschichte die gewalttätigen Übertreibungen als Stilmittel erkennt, hinnimmt und als solche wirken lässt, bemerkt man, dass die Realität dadurch verdrängt wurde und die eigentliche

Aussage deutlicher hervor tritt. Ohne wirklich triftigen Grund nehmen sich die Menschen selbst und einander das Leben, aber derjenige, bei dem man es als Einzigen nachvollziehen kann, hängt gefesselt daran.«

Plötzlich wechselte ihre Tonlage in ungezügelte Sinnlichkeit: »Meine Meisterin hat mir befohlen Deinen Schwanz glücklich zu machen. Genieße.«

Das letzte Wort ein Versprechen, ein Schwur, das Gelöbnis des Himmels, als wenn es ein Engel in sein Ohr geflüstert hätte. Er schloss die Augen, spürte ihre Wärme an seinem Rücken durch die Kleidung, ihre Hand auf seiner Brust, das Massieren und sah ihre Augen in seinem Geiste wie sie ihn fesselten. Er war verloren.

23. SAMSTAG

»Guten Tag, schön dass Sie Zeit gefunden haben vorbeizukommen«, meinte Henricksens ungewohnt charmant, »und noch dazu so früh am Morgen. Das ist ja nicht unbedingt die Stunde der Studenten, oder?«

Jennifer blickte ihn ein wenig schüchtern an einer roten Haarlocke, die ihr ins Gesicht gefallen war und über ihre Wange strich, vorbei an.

»Ich stehe eigentlich immer früh auf, und es ist ja bereits neun Uhr«, antwortete sie freundlich aber reserviert.

»Naja, am Wochenende ... Wir machen heute auch Sonderschicht. Möchten Sie einen Kaffee?«, Henricksen schaute mit einem Seitenblick zu Brenninger, welcher in der

Bürotür stand. Er war so freundlich gewesen Frau Pohlmann am Eingang abzuholen und zu Henricksen zu führen. Sie schüttelte sanft den Kopf.

»Nein danke, ich trinke keinen Kaffee. Stört es Sie, wenn ich ein wenig Schokolade esse? Ich brauche den Zucker.«

Er nickte ihr auffordernd zu und bat Brenninger ihm Kaffee nach zu schütten, der grinsend die Tasse vom Tisch nahm und davon schritt.

»Sie waren also mit dem Opfer befreundet?«

Ihre Wangen fingen wieder an zu glühen, wie gestern Abend im Gespräch mit Klaus Brenninger: »Nun, ich kenne Tom durch Richard.«

Sie schien mehr sagen zu wollen, aber ihre Klugheit ließ sie innehalten. Henricksen spürte die typische Vorsicht, die man bei Polizisten walten ließ.

»Und Richard ist Ihr Freund?«

Sie schüttelte den Kopf, dann nickte sie kaum merklich.

»Er war mein Freund. Vor einigen Monaten.«

»Wie lange und bis wann waren Sie genau ein Paar?«

»Ein Paar«, murmelte sie wiederholend, »circa acht Monate. Es endete vor einem halben Jahr.«

»Wer hat es beendet?«

Die Worte klangen holprig: »Wir entschieden das gemeinsam.«

»Und Sie kennen Tom durch Richard?«

»Ja, ich lernte ihn kennen, als ich Richard besuchte«, bemerkte sie. Brenninger trat ein und reichte Henricksen die wieder aufgefüllte Kaffeetasse, um dann hinter Jennifer Pohlmann Platz zu nehmen.

»Waren die beiden damals gute Freunde?«, Henricksen sah mit voller Absicht nicht zu ihr, sondern auf den dunklen

Inhalt seiner Tasse, der ihn wie ein schwarzes Loch an sich zog und ihn nie wieder freigeben wollte.

»Ja, die besten kann man sagen.«

»Und denken Sie, die zwei waren auch noch gute Freunde, als Sie und Herr Krüger sich trennten?«, fragte er abrupt aufschauend direkt in ihre Augen. Sie starrte ihn wie ertappt an, dann senkte sie schnell den Blick: »Das weiß ich nicht, ich hatte seitdem keinen Kontakt mehr zu Richard.«

»Aber Ihr Kontakt zu Tom, vielleicht hilft der uns weiter? Waren die beiden weiterhin gute Freunde?«, pokerte Henricksen auf hohem Niveau. Peinliche Stille herrschte, und Henricksen bemerkte Schweiß auf ihren Händen, er legte nach: »Frau Pohlmann, antworten Sie doch bitte!«

»Ich denke ihre Freundschaft ist mit der Zeit abgeklungen.«

»Erzählen Sie mir etwas über ihren Exfreund Richard. Wie und wer ist er?«

Sie wirkte erleichtert, dass das vorherige Thema nicht weiter verfolgt wurde und antwortete frei: »Richard ist ein sehr intelligenter Mann, er liebt sein Studium, aber mehr die fachlichen Erfahrungen und die Erweiterung seines Wissens, das Studium als solches, also der Abschluss und die Prüfungen interessieren ihn nicht. Er hat sich immer viel mit seinen Computern beschäftigt, ist fasziniert vom Internet. Ich glaube ab und an hat er da mit seinem Wissen Geld verdient, aber Näheres weiß ich nicht, er hat sich nie dazu geäußert. Tom meinte einmal, Richard hätte keine finanziellen Sorgen. Richard ist ein sehr freundlicher und liebevoller Mensch, teils viel zu lieb.«

Henricksens sparte sich zu fragen, wie sie dies meinte und ließ sie weiterreden.

»Das Studium hatte bei ihm auf jeden Fall einen anderen Stellenwert als bei anderen Studenten. Er ...«, sie suchte nach den richtigen Worten, »nahm es weniger schwer, sorgte sich nicht darum.«

»Gab es denn andere Dinge, die ihm Sorgen machten?«

Klaus Brenninger klapperte mit den Händen auf seinen Knien. Sie nickte: »Oh ja, seine Sicherheit was Studium, Computer und dergleichen anbelangt fiel ins Nichts, wann immer es darum ging, wie andere Menschen ihn sehen. Er hasste sich, trotz seiner vielen Stärken. Hasste sich und seinen Körper.«

»Wie meinen Sie das?«

»Haben Sie noch keine Photos von damals gesehen?«

Henricksen nickte Brenninger zu, der aufstand und davon ging. Irgendwo hatte die Spurensicherung bestimmt Photos sichergestellt, da würde sich schnell klären lassen, was die Rothaarige da meinte.

»Wie verlief Ihre und Herr Richard Krügers Beziehung?«

Henricksens zögerte seine letzte Frage noch ein wenig hinaus. Es galt ein Netz vor dem Fang zu weben.

»Nun, sehr harmonisch denke ich.«

»Harmonisch genug um sich zu trennen?«, versprühte Henricksen Sarkasmus. Sie erbleichte.

»Ich liebte Richard wirklich. Ich ... ich wollte doch mit ihm zusammen bleiben. Ich kann die Zeit nicht zurückdrehen. Aber es ging nicht mehr. Er ... er«, sie verstummte, packte mehr Schokolade aus und führte einen Riegel in den Mund. Henricksen musste unwillkürlich an das Video denken, behielt seine Gedanken aber für sich.

»Er hat sich von Ihnen getrennt?«

Sie kaute und schluckte die Schokolade, dann nickte sie.

»Haben Sie versucht die Beziehung zu retten?«

Jetzt nickte sie und nahm einen weiteren Riegel Schokolade zu sich. Henricksen beugte sich vor und nahm ihr zu ihrer Überraschung den Rest der Schokolade aus der Hand. Er wartete die Sekunden ab, bis sie ihren Mund wieder verdutzt geleert hatte und fragte: »Wie häufig und in welchem Zeitraum hatten Sie mit Herrn Baumgartner sexuellen Verkehr?«

24.

Mehr oder weniger aufrecht bewegte sich Richard auf die Wohnungstür zu. Der mit grauen Farbflecken übersäte Teppich wirkte rau unter seinen wollenen Socken. Er hielt sich den Magen und gönnte seinem lädierten Körper eine sekundenlange Pause auf der Mitte des langen Flures, ca. auf Höhe des verlassenen Raumes gegenüber dem Badezimmer. Es klopfte ein weiteres Mal sanft an dem dicken Holz des Einganges. Richard ging weiter, sein Magen quälte ihn und sein Kopf pochte ohne Unterlass. Er hatte keine Ahnung, wie er gestern Abend zurück nach Hause gekommen war, er sah bloß Gedankenfetzen in seinem Kopf, wie er durch Strassen rannte. Seit dem war ihm übel und schlecht. Es hatte seine Psyche angeschlagen, und bei seinem kasteiten Körper wirkte sich dies in Wechselwirkung physisch aus.

Er hätte im Bett bleiben sollen. Zuletzt war er in der Küche gewesen, hatte Wasser für den Tee aufgesetzt, der hoffentlich die Macht besaß ihm Linderung zu schenken. Da hatte er das Klopfen vernommen. Richard hoffte, dass es einer der seltenen Freunde und Kommilitonen von der Uni war, der könnte für ihn eventuell eine Notapotheke ausfindig machen um ihm Medikamente zu besorgen. Obwohl Richard Arzneimittel meist mied, hätte er unlängst selbst welche eingekauft, wenn ihn die schwere Missstimmung seines Körpers nicht in der Wohnung gehalten hätte. Die dumpfe Hoffnung inmitten seines gepeinigten Kopfes verlieh ihm die Kraft die Tür zu erreichen. Er öffnete.

Seine Augen sahen – dann schlossen sie sich, er sackte beisammen und prallte dumpf auf den Boden. Hinter seinen geschlossenen Lidern vor dem angeschlagenen Bewusstsein brannte weiterhin das Bild des dunklen Engels, den er gesehen hatte. Rabenschwarze Haare, die jeden auftreffenden Lichtstrahl nie wieder reflektieren ließen, rahmten das hellweiße gemeißelte Statuengesicht der Himmelsbotin ein. Oder war die Herkunft des schwarzen Engels der Hades, der Ort der Verdammnis an dem Richard sein Ziel finden würde? Er konnte sich nicht mehr erinnern, welche Farbe die freudigen Engel seiner Kindheit hatten. Es waren wundervolle Gesichtszüge, die ihn mit ernsten schwarzen Augen anblickten, bevor er davon glitt, den samtenen schwarzen Engelsumhang streifend.

Ein Flüstern nach seinem Namen drang in sein Ohr. »Richard«, sang ein göttlicher Klang. Er spürte angenehme Kühle, und als er, der Gerufene, seine Augen öffnete, fühlte er eine Hand seine feurige Wange streifen und ihm Linderung spenden. Er sah sie.

»Komm Richard, steh auf«, ein Ziehen an seinem Arm zerrte ihn in die Realität und half ihm sich aufzurichten, er vernahm das Geräusch der zufallenden Wohnungstür hinter sich, als er ins Wohnzimmer gegenüber des Einganges geführt wurde. Ihm wurde kurze Zeit wieder schwarz vor Augen, als er in die weichen hellen Stoffe der Couchecke glitt, in ruhevolle Entspannung.

Es war später am Abend, als Richard erwachte. Er wollte die Augen zuerst nicht öffnen, fürchtete die Kopfschmerzen, von denen er erwartete, dass sie einprasselten, wenn er den Eingang zur Welt aufschloss. Als er ein Geräusch vernahm, jemand bewegte sich neben ihm, gaben die Augenlider einem Reflex nach. Kein Traum, kein Engel. Sie war da.

Sie stand ihm gegenüber auf der anderen Seite des Couchtisches und schüttete duftenden Tee aus Toms orange-roter Porzellankanne in eine Tasse, den Blick darauf gerichtet, so dass Richard, der auf dem Rücken lag und den Kopf zur Seite gerichtet hatte, sie für den Augenblick unbemerkt betrachten konnte. Ihre Schönheit brannte sich in seine Seele. Ihre schwarze zu den Haaren passende Kleidung war die kontrastreichste Größe zu ihrer hellen Haut. Sie bestand aus einem figurbetonten Wickelrock und einem Rüschentop. Letzteres ließ ihre Schultern frei und war selbst aus leicht durchsichtigem Material, doch ein weißes über dem Top liegendes enges fest geschnürtes Lackkorsett kam jedem zu entblößen versuchendem Blick zuvor. Wie er dalag und sie betrachtete, glaubte er sie mindestens zwei Finger breit größer als sich zu wissen, doch seine getrübten Gedanken irrten sich, sie war in Wahrheit keineswegs größer. Dennoch wirkte sie hoch gewachsen dank ihrer schlanken und von der Gewandung betonten Körperform. Sie hatte strenge Wangen und ein energisch auffallendes Kinn, ihre lange aber zarte Nase hob sich in seine Richtung zeigend, als ihre ebenso zarten langen Finger die Teekanne absetzten und ihre schwarzen Pupillen seine fokussierten. Ihr

Mund war weiterhin eine gerade Linie, der es ein wenig an Rot zu fehlen schien. In seiner Angeschlagenheit prallte jedes Detail ungefiltert in sein Hirn. Seine brutalen Schmerzen traten bei diesem Anblick in den Hintergrund und ein tierischer Instinkt weckte verborgene Gefühle. Bilder von ihr, Erinnerungen von kürzlich vergangenen Zeiten. Er verdrängte die pornographische Kollektion und erlaubte sich mehr als nur ihr sexuelle Anziehungskraft zu bemerken. Sie war schön. Auf eine sehr tiefe Art. Die Übernahme der Kontrolle durch seinen Unterleib hatte die Schmerzen ein Stück verdrängt, aber weiterhin waren sie vorhanden ihn zu quälen. Sie lächelte noch immer nicht.

»Trink ein wenig von dem Tee, er wird Dir gut tun«, erklärte sie und ging um das Stahlgestell mit der gläsernen Platte herum, zog die Teetasse in griffweite zu ihm heran und kniete vor der Couch nieder. Er streckte seine rechte Hand zu der Tasse aus und sah ihre kniehohen Lackstiefel unter dem Schleier des Rocks verschwinden. Nachdem er gehorsam einen Schluck getrunken hatte, nahm sie ihm die Tasse mit links wieder ab und stellte sie nieder, während die Fingerkuppen ihrer anderen Hand vorsichtig über die Wange mit den nicht rasierten Bartstoppeln strichen. Es war sehr angenehm. Sie reichte ihm einen Zwieback, eine Schüssel mit mehreren stand auf dem Tisch.

»Wir pressen das besser auf Deine Stirn«, bemerkte sie und schichtete ein feuchtes Tuch auf seinen glühenden Kopf. Er lächelte dankbar. Aber eine Frage quälte ihn: »Musstest Du kommen?«

Für einen Atemzug wirkte ihr sonst regungsloses Mienenspiel perplex: »Wie meinst Du das? Ja, ich musste kommen.«

Sie sah in Richards Augen Enttäuschung und Schmerz wachsen. Seine linke Hand erfasste ihre rechte an seiner Wange und hielt sie trotz seines geschwächten Zustandes fest, weil sie dies zuließ.

»Sie hat es Dir befohlen«, stellte er fest. Ihre Augen fesselten ihn, aber er vernahm wie sein Körper darunter und bei dem geäußerten Gedanken litt. Nicht einmal ein Zucken ihrer Mundwinkel, keine Spur von Unaufrichtigkeit: »Nein, Richard. Ich musste Deinetwegen zu Dir kommen. Deinetwegen!«

Er verstand nicht, vielleicht verstand sie es ebenfalls nicht. Er versuchte sich aufzurichten, aber sie drückte ihn nach einigen Zentimetern mit sanftem Druck an seiner Brust herunter.

»Aber Du musst Ihr gehorchen«, bemerkte er leise.

Ihre Antwort kam ohne Umschweife. Sie sprach wie immer mit klarer Stimme ohne Befangenheit.

»Ich dürfte Dich nicht ficken, wenn sie es verbietet, und ich dürfte nicht ablehnen, falls sie mir diktiert meinen Körper hinzuhalten, belanglos sind dann meine Wünsche. Aber fern dieses reinen Fickens gibt es mehr, Richard. Unvorstellbar mehr.«

Er kam nicht zu einer Erwiderung. Sie beugte sich hinunter und gab ihm einen vorsichtigen Kuss, keiner von denen die ihn in der Nacht nach dem letzten Mal wach gehalten hatten, nein, diesmal ohne brutale Leidenschaft aber voll besinnlichem Gefühl. Es war eine Traumwelt. Aber sie war ebenso real wie Toms Tod. Unvorstellbar real.

25. Sonntag

»Hallo Süßer.«

Richard vernahm eine klangvolle Stimme an seinem linken Ohr und im Halbschlaf spürte er einen wärmenden nackten Körper, der ihn von hinten friedvoll umschlungen hielt. Ihre Brüste rieben an seinem Rücken. Als sie für einen Moment Abstand nahm, kitzelten ihn ihre Brustwarzen. Sofort führte er seinen Körper schläfrig zurück, ihr nachrückend um sie wieder zu spüren und ihre Arme seinerseits umarmend.

»Guten Morgen, meine Schönheit«, flüsterte er. Ein Arm löste seine, sie schob die Decke weg, welche sie beide zudeckte und streichelte mit der jetzt freien Hand über seine rechte Seite. Er genoss die damit verbundenen Gefühle.

»Ich habe Hunger«, bemerkte sie und biss ihm vorsichtig und spielerisch in den Nacken, was ihn zu seinem Jammern ein wenig mehr aus dem Schlaf führte: »Ah … Ich habe leider nicht viel hier«, murmelte er ohne richtig zu realisieren worum es ging.

»Dann gehen wir jetzt frühstücken. Das ist ohnehin das Einzige was Dir fehlt, deshalb warst Du gestern so schwach«, sie küsste seine Schulter. Danach verließ sie dass Bett und begab sich ins Badezimmer.

Sie schlenderten im Angesicht der wunderbaren Morgensonne die belebte Brückstrasse hinunter, viele junge Leute nutzen den Tag um dem Shopping zu frönen und sich neue Sachen zuzulegen. Die zahlreichen Modegeschäfte waren voll von Käufern; Accessoires, Schuhe, Kleidung waren gleichermaßen beliebt.

Sie gingen an der Kampstraße und der Reinoldikirche vorbei über die Betenstrasse, kreuzten den Westenhellweg und kamen zum Markplatz. Hier nahmen sie in einem amerikanischen Kaffeehaus Platz, sein schwarzer Engel hatte das vorgeschlagen, als Richard erwähnt hatte, dass er nicht viel Hunger spürte und eigentlich ein Getränk für ihn reichen würde. Dabei hatte sie gegrinst – ein wunderbares erheiterndes Grinsen und gemeint, sie würde sich bereits auf ein Sandwich freuen. Sie bestellten sich jeweils ein Getränk, sie einen Latte Machiatto mit Bananen-Flavour, er einen schwarzen Tee, den er mit Süßstoff versetzte. Dazu nahm sie ein Thunfischsandwich und einen Cranberry-Muffin. Er sah nur beiläufig auf die Essenauslage, ging dann daran vorbei um seinen Tee in Empfang zu nehmen. Sie setzten sich an einen der Tische vor dem Café mit Blick auf den Marktplatz.

»Ich kenne nicht einmal Deinen Namen.«

»So kann ich leichter wieder aus Deinem Leben verschwinden, Richard«, erwiderte sie spitz.

Mit einem hilflosen Gefühl blickte er sie an. Sie ergriff seine Hand über den Tisch hinweg und hielt sie vorsichtig. Dies gab ihm Stärke. Schließlich ließ sie ihn wieder los und ergriff ihr Sandwich.

Er konnte sich von diesem Teil des Gespräches nicht so einfach abwenden: »Du willst wieder verschwinden?«

»Warum war die Tür auf dem Flur versiegelt?«

»Touché«, dachte Richard.

Die Geräusche des Marktplatzes und des Brunnens drangen zu ihnen herüber. Richard konnte sich noch an Zeiten erinnern, als gelb gefärbtes Wasser aus diesem Brunnen gesprudelt war – die Zeit als Dortmund im Fußball wiederholt den Meistertitel errungen hatte. Der Sport hatte ihn nie interessiert, aber die Stimmung in der Stadt war zu der Zeit etwas Besonderes gewesen.

»Dort ist mal etwas geschehen, seit dem ist der Raum geschlossen?«

»Wie in Deiner Geschichte *Mitbewohner gesucht*?«

Er starrte sie an. Wie nah sie an die Wahrheit gelangt war, und wie fern: »Woher kennst Du meine Geschichte?«

»Tom hat mir davon erzählt«, sagte sie und aß ein weiteres Stück ihres Sandwichs, »Du kannst sie mir heute Abend vorlesen.«

Er nickte, starrte sie aber weiterhin an. Immerhin, in ihrem letzten Satz war eine erfreuliche Botschaft enthalten.

»Und wie willst Du mich nennen, Richard?«

»Rachiel«, antwortete er. Sie blickte ihm lange in die Augen, bevor sie antwortete: »Du kennst die Kabbala.«

»Gut gewählt?«

»Eine Engelsgestalt für die menschliche Sexualität aus der Kabbala«, meinte sie und schaute ihn ernst und überrascht an, »Ja, gut gewählt, Richard.«

Er lächelte breit. Sein Magen krampfte, und er zuckte zusammen, hielt sein Lächeln aber standhaft aufrecht. Dennoch bemerkte sie die feinen Anzeichen.

»Wie lange wirst Du das noch machen?«

Er legte den Kopf schräg und beobachtete sie aufmerksam: »Was meinst Du?« und trank einen großen Schluck Tee um seinen Magen zu füllen.

»Wie lange willst Du noch hungern, Richard?«, fragte sie und biss wieder in ihr Sandwich.

Er überlegte, sich wie sonst herauszureden, aber diese Augen vermochten in seine Seele zu blicken: »Ich halte das Essen unter Kontrolle. Es ist eine verdammte Sucht, der

Hunger, und ich gebe diesem scheiß Körper nicht mehr nach.«

Gelassen aß sie weiter und näherte sich dem Ende des Sandwichs: »Es ist keine Sucht Hunger zu stillen, Richard. Es ist eine Sucht zuviel zu essen. Genauso wie es eine Sucht ist, nichts zu essen.«

»Ich muss abnehmen«, erwiderte er mit Nachdruck und schaute an ihr vorbei.

»Abnehmen«, sie kicherte leise ohne Humor, »Richard, Du bist perfekt genug. Sehr schlank, sehr attraktiv. Das war vielleicht einmal anders, aber Du hast Dein Ziel längst erreicht. Leider hast Du das Ziel nicht mehr unter Kontrolle«, bemerkte sie und fügte leise hinzu: »Jeder Mensch hat seine Sucht.«

»Ich habe mich mehr unter Kontrolle als jemals zuvor.«

»Hm, ich rede Dir nicht rein, Richard. Es ist Deine Entscheidung. Aber für mich wäre es wichtig nicht wieder zuzunehmen, weiter abnehmen aber nicht.«

Er beugte sich vor, und gab ihr einen Kuss. Dann lehnte er sich zurück und öffnete sich diesbezüglich seit langem zum ersten Mal mit der Feststellung: »Weißt Du, es gibt eine Hürde beim Abnehmen. Die erste Woche der Essenseinstellung. Dein Körper kämpft, Dein Magen kämpft, aber Du musst die Kontrolle behalten. Danach ist es einfach. Es entsteht nach der ersten Woche kaum ein Hungergefühl, und wenn es kommt, reichen kleine Happen es zu stillen. Es wird einfach abzunehmen. Ich schaffte pro Woche zweieinhalb bis drei Kilo. Wasser und Tee trinken, mal eine Scheibe Brot pro Tag oder etwas Gemüse. Zusätzlich vielleicht zwei Äpfel. Mehr nicht. Eine Mahlzeit pro Tag und die Äpfel. Es ist kein Problem. Du beobachtest die Waage und pro Tag fällt ein halbes Kilo. Heute 91, morgen 90, dann noch einmal 90 vor dem Komma, dann schon 89. So geht es weiter, Tag für Tag, Woche für Woche. In vier Wochen 12 Kilo. Pro Monat. Menschen erkennen Dich bereits nach kurzer Zeit kaum noch, Deine Kleidungsgrößen ändern sich mit hohem Tempo. Du spürst Deine Knochen wenn Du mit der Hand über Dich fährst und liebst das Gefühl. Du wirst definierter. Das alles war nicht schwierig. So seltsam dies auch klingt, aber es war nie das Problem. Hätte ich das gewusst, wäre ich früher dahin gekommen. Das einzige echte Problem kommt später. Wenn Du abgenommen hast.«

Sie war zum Muffin übergegangen und nippte an ihrem Latte Machiatto, lauschte dazu mit echtem Interesse.

»Das größte Problem beim erfolgreichen Abnehmen ist wieder mit dem Essen zu beginnen.«

26.

Klaus Brenninger schlenderte neben Henricksen durch die Innenstadt. Dieses Wochenende würden sie eine Extraschicht einlegen, *Mörder machten keine Pause* war Henricksens Devise. Der schlürfte lautstark einen Kaffee, den sie gerade in einer Bäckerei zum Mitnehmen für ihn gekauft hatten.

»Halten wir fest, sie lernt Richard an der Uni kennen und irgendwie auch lieben. Nachdem was ich auf den Photos gesehen habe, sah er nicht wie ihr idealer Partner aus. Tonne neben Regenrinne.«

Brenninger verkniff sich ein Lachen und nickte bestätigend: »Ja, damals hatte die Uni deutlich mehr von ihm. Aber dennoch werden sie ein Paar. Sein guter Charakter.«

»Ja, und ihr phantastisches Aussehen. Sie lernt natürlich auch den Mitbewohner und Kumpel ihres Freundes kennen.«

»Tom«, erwiderte Brenninger, während Henricksen wieder schlürfte, »dessen Anziehungskraft auf sie wirkt.«

»Hm, ja.«

Henricksen schien bei dem Wort Anziehungskraft zu stutzen und etwas mental zu notieren.

»Und sie wird geil auf ihn«, fügte Klaus seinen Worten hinzu.

»Ja, sie holt sich das von ihm, was sie bei Richard nicht gekriegt hat. Einen perfekten Männerkörper, ein harter Schwanz, ...«

»... ein mieses Arschloch, der sie nicht nett behandelt«, beendete Brenninger den Satz seines Partners nachdenklich.

»Tja, Frauen wollen nicht immer nur die Liebenswürdigkeit in Person an ihrer Seite.«

»So wie wir nicht immer nur Mäuschen haben wollen«, allein bei dem Wort bekam Brenninger eine Gänsehaut vor Abscheu, selbst sein Kinnbart kribbelte.

»Sie hat es sich von diesem Tom besorgen lassen, anscheinend immer und immer wieder, während sie mit Richard zusammen war.«

Brenninger schmunzelte: »Ja, besonders interessant war das mit dem Badezimmer, während Richard noch bei sich im Bett lag und wartete, dass sie mit Duschen fertig war.«

Henricksen ging nicht darauf ein, so dass Brenninger weiter sprach: »Irgendwann vor 6 Monaten kommt alles raus, sie schwört ihren Trieb in den Griff zu kriegen, Tom entschuldigt sich, immerhin war es ja Sex, ernsthaft will Tom nichts von ihr. Aber Richard kommt aus der Eifersucht nicht mehr heraus und bricht die Beziehung ab. Seit dem Punkt ist seine Freundschaft zu Tom zerbrochen, aber die beiden wohnen weiterhin in der Wohnung, leben jetzt aneinander vorbei.«

Brenninger erwiderte: »Aber Jennifers Geilheit quält sie, und sie kommt weiterhin vorbei um sich von Tom ficken zu lassen, bis Tom den Kontakt zu ihr abbricht. Seitdem sieht sie beide sporadisch an der Uni, aber lediglich mit Abstand, ohne dass sich etwas ergibt. Die Zeit davor muss die Hölle für Richard gewesen sein, sie nebenan beim Sex stöhnen und schreien zu hören, so wie man es auf den neuen Videos mitbekommt.«

Während aus Brenningers Worten ein wenig Mitleid zu Richard zu hören war, war bei Henricksen nichts vorhanden: »Ja, und jetzt haben wir sein Motiv!«

27.

Brenninger hatte die Treppenhaustüren und die Wohnungstür mit dem Schlüssel geöffnet, den Richard Krüger der Polizei für ihre Ermittlungen überlassen hatte. Sie traten zu der versiegelten Tür, brachen das Siegel und traten an den Schauplatz des Mordes. Brenninger zog den Bericht der Spurensicherung und den der Obduktion hervor, schaute sie sich erneut an – er hatte sie bereits im Büro studiert und fasste zusammen: »So, hier hat Tom

Baumgartner gelegen, mit den Füßen zur Tür, also in Richtung Flur, mit dem Kopf zum Fenster, also auch zur Kamera und Computer. Dort über ihm ist der Haken an der Decke, an dem das Seil befestigt war. Er lag auf dem Rücken in einer Blutlache.«

Henricksen nickte, das meiste von dem Erwähnten zeigte die Kreidezeichnung. Brenninger überflog den Obduktionsbericht. Eine Obduktion oder auch Autopsie bzw. Sektion besteht aus einer äußeren und einer inneren Leichenschau. Von außen wird die Leiche inspiziert, alle Maßen genommen, Totenflecke anhand von Position und Farbe festgehalten, sämtliche Hautanomalien beschrieben. Auch Besonderheiten an Kleidung und getragenen Gegenständen wird festgehalten. Die innere Sektion öffnet die Schädel-, Brust- und Bauchhöhle und verschafft Zugang zu den Organen. Jedes Organ wird für sich beschrieben und untersucht, Proben von ihnen und von Blut und Urin zur späteren Analyse genommen. Somit können auch Symptomkomplexe von Krankheiten, toxikologische Befunde und Gewaltakte festgestellt werden. Nach den Sektionen werden die Organe ohne die Proben wieder zum Körper gegeben und alles genäht und gesäubert, damit der Tote eventuell bei einer Beerdigung aufgebahrt werden kann. Besondere Spezialuntersuchungen wie eine DNA-Analyse erfolgen lediglich bei spezieller Beantragung und nicht im Falle Tom Baumgartners. Es gibt drei Arten von durchzuführenden Autopsien. Die pathologische ohne Körpertemperaturmessung zur Bestimmung der Todeszeit und ohne toxikologische Untersuchung, die rechtsmedizinische die beides durchführt und die anatomische, die z.B. der Ausbildung von Studenten dient.

Eine normale Obduktion dauert im Regelfall an die 3 Stunden und kostet bis zu 2000 EUR. Aufgrund der Kosten wird sie aus Sicht der Staatsanwaltschaft nur durchgeführt, wenn an einer natürlichen Todesursache Grund zum Zweifel besteht. Baumgartners Tod war eindeutig nicht natürlich und dieser Befund war unerlässlich. Eine illegale Obduktion wäre laut Gesetz Störung der Totenruhe, was schwerwiegende Folgen haben kann. Alle diese Gedanken flossen durch Henricksens Kopf, während er auf Brenninger wartete.

»Eine hohe Dosis Antischmerzmittel wurde festgestellt, hier steht die genaue Zusammensetzung. Acetylslicysaeure 1023 mg. Paracetamol 797 mg, Coffein 219 mg, sowie Lactose, Stearinsaeure, Maisstaerke. Und 5009 mg Metamizol-Natrium, 1 mg Saccharin-Natrium, Polyäthylenglykol, Magnesiumstearat. Deutet auf zwei bekannte Schmerzmittel hin, jeweils mehrere Tabletten. Sie haben bereits zum Zeitpunkt des Todes gewirkt. Er hat keinen Schmerz gespürt, soviel ist sicher. Die Waffe hat Kaliber 19, Typ ist wahrscheinlich eine Heckler & Koch P8, wie die forensische Ballistik ergab. Der Schuss traf ihn mitten ins Herz aus zweieinhalb Meter Abstand. Die Kugel blieb stecken. Die Patronenhülse lag hier. Der Schütze muss also ungefähr im Flur vor dem Türrahmen gestanden haben.«

»Baumgartner hat also nicht versucht zur Seite zu springen oder zu fliehen.«

»Weil die Kugel so perfekt getroffen hat? Scheint so. Wahrscheinlich war er überrascht oder dachte, der andere schießt nicht, wenn er still hält. Außerdem muss er von den Schmerzmitteln benebelt gewesen sein. Die Tatwaffe wurde natürlich nicht gefunden. Bei der Untersuchung von Richard Krüger wurde keine Schmauchspuren gefunden.«

»Vielleicht Schutzkleidung, lange Handschuhe, dergleichen«, grübelte Henricksen laut.

»Ja, möglich, aber wir haben nichts davon gefunden. Fingerabdrücke sind hier in der Wohnung eine ganze Menge. Viele von Krüger und Baumgartner selbst, weitere unbekannte. Ich wette, eine Art wird von Jennifer Pohlmann sein, das klärt sich im Laufe des Tages, ihre Abdrücke habe ich vorhin der Spurensicherung zum Abgleich gegeben.«

»Irgendwelche Spuren an den Türen?«, wollte Henricksen wissen.

»Nein, keine Spuren von Einbruch. Und immerhin sind es drei Türen, bis man hier in der Wohnung ist.«

»Ich sage Dir was passiert ist, er wurde hier von Richard Krüger überrascht, der sich nicht darum geschert hat, dass Tom Selbstmord begehen wollte. Richard wollte Genugtuung, er wollte es selbst vornehmen. Er hat ihn erschossen und ist wieder abgehauen.«

»Gut, laut der Nachbarn hörten sie den Schuss um 21:10 Uhr. Auch wird durch die Obduktion bestätigt, dass der Zeitpunkt des Todes höchstwahrscheinlich direkt vor dem ersten Polizeiruf liegt. Um 21:20 Uhr kam die Polizei an. Zehn Minuten in denen Richard Krüger fliehen konnte, in der Hoffnung, dass ihn im Trubel der Strasse niemand sehen und erkennen würde. Dann hat er weitere 15 Minuten die Kleidung zu wechseln und diese sowie die Tatwaffe zu entsorgen, damit wir keine Schmauchspuren bei ihm finden, denn er trifft hier um 21:35 Uhr auf unsere Kollegen.«

»Ich denke der Zeitplan ist durchaus realistisch ausführbar, wenn er mit der frühen Zugverbindung ankam.«

»Gut, er hatte Motiv und Gelegenheit. Aber wir brauchen mehr.«

»Ja, jetzt fehlt nur die Waffe. Wir müssen unbedingt ermitteln woher sie stammt. Und vielleicht finden wir in der Nähe die Kleidung mit Schmauchspuren im Müll oder dergleichen. Gibt mal einen Auftrag an die Streifen raus, sie sollen die Umgebung prüfen. In 15 Minuten kann er nicht weit sein. Und ich werde da auch noch einer Sache nachgehen.«

»Hinterlässt Baumgartner eigentlich Geld?«

»Nein, keine Lebensversicherung und kein Vermögen. Gehen wir, mein Kaffee ist ohnehin leer. Klaus, kannst Du heute Abend etwas für mich erledigen?«

»Tut mir leid, ich habe nachher Sitzung.«

Die anonymen Alkoholiker, das ging vor. Henricksen brach das Gespräch ab, und sie verließen die Wohnung, nachdem sie das Zimmer wieder versiegelt hatten.

28.

Richard traf ein, nachdem die Polizisten sich bereits entfernt hatten. Er trat an den Briefkasten und entnahm ihm einen Umschlag. Er ging nicht in die Wohnung, sondern entschloss sich wieder in die Richtung zu laufen, aus der er gerade kam. Diesmal nahm er abweichend ein Stück den Westenhellweg und schritt dann Richtung Süden über den Hansaplatz zum Stadtgarten. Dort an der U-Bahn-Station setzte er sich oben auf die kleine Steinmauer am Brunnen, sah dem Wasser zu, wie es langsam die kleinen Treppen hinunterlief um sich in dem Becken unten zu sammeln. Richard liebte diese Stadt nicht unbedingt, aber hier hatte er Freiheit gefunden. Ein neues Umfeld, losgelöst von der Familie, das waren notwendige Anforderungen an einen Ort, an dem sich ein junger Mensch entfalten konnte. An dem er lernen konnte, wer er war. Oder besser, an dem mit dem Weg der Selbsterkenntnis begonnen werden kann, denn dessen Ziel, wenn überhaupt vorhanden, erreichen wir nie. Er öffnete den Umschlag, las ihn aber nicht sofort.

Das Frühstück war angenehm ausgeklungen. Sie hatten einige Zeit Hand in Hand in der Sonne gesessen, sich geküsst und weniger geredet als zu Beginn. Irgendwann war sie aufgebrochen, ohne Erklärung was sie zu tun gedachte. Aber sie hatte ihn ermahnt, sich abends nichts vorzunehmen, ohne ihm zu sagen was passieren würde. Richard hatte den Eindruck gewonnen, dass sie sich nicht gern in die Karten schauen ließ. Vielleicht ähnelte sie ihm damit ein wenig. Auch er ließ nicht viel an sich heran, aber sie schien einen Zugang gefunden zu haben. Nach der Erwähnung seiner zweiten Kurzgeschichte wunderte ihn, was Tom ihr noch alles in der Lerngruppe erzählt hatte.

Und er rätselte über ihre Rolle in diesem Spiel, dessen Regeln ihn überrascht hatten, und die er zu durchschauen suchte. Ihr Papier und Toms Briefpapier waren vom selben im Sonnenlicht durchscheinenden Wasserzeichen markiert, dass hatte Richard festgestellt, als er das entwendete leere Blatt mit den Briefen verglichen hatte. Das Wasserzeichen stellte eine geflügelte Engelsgestalt dar. Richard öffnete den Umschlag, auf dem diesmal als Adressat *Richard Krüger* prangte, mit einem geschwungen *G*.

29.

Hi Richard.

Vermisst Du mich? Ich wette, ich vermisse Dich bereits, wo immer ich jetzt bin. Ich werde den Brief kurz halten, denn seitdem Du den vorherigen <u>gelesen</u> hast, habe ich nicht viel Neues erlebt. Na, sehe ich da ein Grinsen auf deinen Lippen? Es gibt einen Gefallen, um den ich Dich bitten muss. Bitte gehe zu Sonja im Mathetower, zeige ihr diesen Brief. Der letzte Satz ist für sie bestimmt.

Danke Dir,
Tom

Sonja, wenn der Schwarze Engel fällt, kann auch das Licht nichts mehr erhellen.

30.

»Dieser Baumgartner hatte ein bewegtes Sexualleben. Er war sexuell mit mehreren Studentinnen aktiv, wie ich an der Uni erfahren habe. Zwar hat niemand direkt was dazu sagen wollen, aber das ist ja wie immer, keine will es verständlicherweise gewesen sein. Viele der Mädchen sprachen von einer besonderen natürlichen Anziehungskraft. Hab ein paar der sichergestellten Quittungen aus dem riesigen Papiermüll der Wohnung geprüft, der hatte eine höhere Kondomrechnung in den letzten Monaten, als ich in meinem ganzen Leben. Seltsamerweise in den letzten zwei Monaten nichts mehr. Nett, dass die Papier dermaßen selten entsorgen. Aber anscheinend haben die lediglich einmal im Monat Putztag, an dem nicht viel mehr als gesaugt wird, und einmal im halben Jahr bringen die Altpapier zum Container. Aber es soll ja WG's geben, die schlimmer aussehen«, philosophierte Brenninger.

»Das ist der Durchbruch, Brenninger«, rief Henricksen aufgeregt aus dem Zusammenhang gerissen und zog das Blatt aus dem Faxgerät. Klaus Brenninger schluckte den Rest seines Mineralwassers und trat zu dem älteren Ermittler.

»Hier«, reichte Henricksen das Papier Brenninger, der interessiert darauf schaute: »Hm, wo kommt das her?«

Henricksens schlenderte Richtung Kaffeeküche, und Brenninger folgte: »Habe ein paar Kontakte zu den Feldjägern genutzt. Passt doch gut zusammen. Daher hatte Richard Krüger die Waffe.«

Brenninger erinnerte sich nicht gerade mit Begeisterung an seine Bundeswehrzeit und noch weniger an die Feldjäger. Das war die Einheit der deutschen Bundeswehr, die als militärische Polizei fungierte und unter anderem Wehrpflichtigen das Leben schwer machte, die sich zu Hause ausschlafen wollten. Er hatte dem damaligen Militärpfarrer, der ihn in Schutz genommen hatte, zu verdanken, dass dies zum Glück nie in seiner Akte gelandet war. Sonst wäre er heute sicherlich nicht bei der Polizei. Ansonsten hätte er jetzt vielleicht einen gut bezahlten Job ohne Schichtdienst und wäre niemals dem Pfad des Alkoholikers gefolgt.

»Die konnten damals schon nicht beweisen, dass er die Waffe gestohlen hat«, verdrängte er seine Gedanken in eine Schublade weit hinter der Frustrationsgrenze. Das Fax offenbarte die nicht wirklich vorhandenen Resultate bezüglich der Untersuchung einer gestohlenen P8 Dienstpistole aus der Waffenkammer der Gustav-Heinemann-Kaserne, in welcher Richard Krüger zu dem Zeitpunkt seinen Wehrdienst geleistet hatte.

Henricksen nickte, während er sich eine Tasse einschüttete: »Ja, aber wenn wir die Waffe finden, können wir anhand der Seriennummer nachweisen, dass es sich um die Waffe handelt, die zu Richard Krügers Wehrpflichtzeit aus der Kaserne gestohlen wurde. Und da gibt es noch einen Joker.«

Brenninger lauschte gespannt.

»Damals gab es vor dem Diebstahl ein Übungsschießen. Die verschossenen Kugeln und Hülsen sind gesammelt worden und wurden nach dem Diebstahl wieder aufgefunden. Wir können also einen Abgleich machen lassen und beweisen, dass die gestohlene und die Mordwaffe ein und dieselbe sind. Das ist folglich ein Indiz, welches stark auf Krüger hindeutet. Das Zeug wurde freundlicherweise von den Feldjägern bereits per Kurier zu unserer Spurensicherung geschickt, ich denke es trifft morgen ein und kann untersucht werden.«

Brenninger nickte anerkennend: »Wie bist Du darauf gekommen?«

»Die P8 ist die Standarddienstpistole der Bundeswehr. Ich bin verschiedenen Spuren nachgegangen, woher die Tatwaffe stammen könnte, dies war eine davon.«

31.

Richard war allein in seiner Wohnung. Er hatte sich in der Küche einen Espresso bereitet, sein Magen knurrte ihn an wie ein grimmiges Tier. Er wusste, in spätestens einer Stunde würde das Vergehen, der Magen aufhören zu protestieren und sich an die Leere gewöhnt haben. Er rührte den Süßstoff in die Flüssigkeit ein und schlenderte den Gang entlang in das Wohnzimmer.

Richard hatte lange über den letzten Brief nachgedacht, vor allem, ob seine instinktive Wahl »schwarzer Engel« als Beschreibung für die unbekannte Rachiel, Toms Bild über sie entsprach. Meinte der Hinweis an diese Sonja aus der Uni Rachiel? Im Wohnzimmer setzte er sich nahe an die Erkerfenster und blickte in den blauen Himmel, er erschien ihm jetzt fast ein wenig trüb. Auf eine Art hatte er seine Heimat verlassen, eine Kleinstadt keine Stunde entfernt, wo er gemeinsam mit Tom die Schulbank gedrückt hatte. Auf eine subtilere Art hatte er die Grenzen seiner Heimat nicht überschritten, befand sich noch in ihr. Das Ruhrgebiet. Erst wenn man einige Zeit außerhalb lebt, kann man definieren oder zumindest ansatzweise erblicken was es ausmacht, und überhaupt die Unterschiede zur Außenwelt erkennen. Hier lag sein Geburtsort im Tor zum Münsterland wie sein Herkunftsgebiet auch genannt wurde, hier war er aufgewachsen. Und trotz seiner abweichenden Verschlossenheit gab es dennoch Aspekte, die ihn zu dem typischen Menschenschlag der Region zählen ließen, und dazu zählte nicht allein die Aussprache. Es war die Art auf andere Menschen zuzugehen, die raue Distanzlosigkeit und die herbe Freundlichkeit. Seit seiner Kindheit hatte Richard dieser Menschenschlag umgeben, der auf schroffe und direkte Weise stets offen aussprach was er dachte. Von Ausnahmen wie Richard und anderen in sich gekehrten Menschen abgesehen. Diese spröde Anlage der Bewohner passte zu der einzigartigen Industriekultur, ein Marketingbegriff für die von riesigen Maschinen, Bergfördertürmen verlassener Stollennetze, Halden, gigantischen Schornsteinen verunstaltete einst schöne Natur, die hier dem Willen der Menschen zum Untertan gebeugt wurde. Jetzt befand sich Richard in einer neuen Stadt, aber in der alten Heimat der Schlote und der Kohle, auch wenn diese längst nicht mehr von unter Tage stammten. In einem Gebiet, dass bald neue Perspektiven für die Zukunft finden musste. Gedankenverloren mengte Richard weiterhin seinen Espresso.

Seine Hassliebe zu Tom beschäftigte ihn auch. Er hatte Hass und Wut auf seinen früheren Freund empfunden, jetzt war dieser aus seinem Leben entfernt und hinterließ teils eine Leere, die wie ein Schlund war, wünschend mit etwas gefüllt zu werden. Vielleicht hätte Richard Tom verzeihen können, ihn mit Jennifer betrogen zu haben, aber die Vorfälle hatten damals deutlich gemacht, dass er ihm niemals verzeihen konnte Tom zu sein. Tom an seiner Seite, das bedeutet immer darauf hingewiesen zu werden schlecht zu sein, unzureichend, eine notdürftige Alternative. Ohne Tom war er eine weit eigenständigere Person, man bemerkte ihn. Stand er in einer Gruppe, redeten die anderen mit ihm und fokussierten sich nicht auf Tom. Richard lächelte, als er an diese Situationen dachte. Stets hatte er dagestanden, freundlich geschaut, ab und an etwas gesagt, keine

Reaktionen bekommen. Über Toms wirklich schlechte Witze hatten alle gelacht. Seitdem er in den letzten Monaten alleine unterwegs war, sah es anders aus. Die Menschen hörten ihm zu und interessierten sich für ihn. Jetzt musste Richard lernen damit umzugehen.

Richard ging zu einem Regal, nahm einige Photoalben heraus und blätterte sie durch. Die Polizei hatte alle kopiert und gesichtet, netterweise aber nicht beschlagnahmt. Seine Mundwinkel hoben sich, als er die Bilder der ersten Renovierung vor ihrem Einzug sah, wobei er immer versuchte sich selbst nicht zu betrachten. Der erste feucht-fröhliche Pizzaabend zu zweit in der neuen Küche, wenige gemeinsame Photos von der Uni. Es gab auch Photos von Jennifer und Richard, sowie Jennifer und Tom, als sie zu dritt die Abende verbracht hatten. Richard bekam beim Betrachten einen trockenen Mund und blätterte weiter. Nach diversen Familienbildern beider WG-Bewohner entdeckte er in einem der Alben dazugelegte neue Photos, die Richard nicht kannte. Eines zeigte Richard, wie er vor dem Eingang seiner Bank stand, er grinste in die Kamera. Das hatte Tom gemacht, als Richard seinen ersten Gewinn verdient und Geld zum Feiern abgehoben hatte. Richard hatte das Photo nach der Entwicklung nie gesehen. Es folgten ein paar von Tom, mit verschiedenen Mädchen, Händchen haltend im Park, sitzend im Café, Tom allein vor dem Marktplatzbrunnen, Tom mit ... Dieses Bild hob Richard erneut in sein Blickfeld, als er bereits dabei war es beiseite zu legen. Diese junge Frau kannte er, welche hier neben Tom scheu in die Kamera lächelte. Es war die Kellnerin, die Rachiels Anwesenheit nervös machte.

32.

Richard hatte gegen Abend eine SMS bekommen, der Absender war die Nr. eines Internetdienstes für kostenloses Versenden von Kurzmitteilungen. Inhalt war eine Adresse und »lg, Rachiel«. Er zog sich eine beige Cargohose an, ein schwarzes Poloshirt ohne Aufdruck und ein Stoffjacke aus seinem letzten New York Urlaub, welches die Lettern NYC in der Front prägten. Mit sportlichen Schuhen bewaffnet und einer lässigen Umhängetasche, in der sich Brieftasche, Handy und ein Notizbuch befanden, nahm er die U-Bahn nahe der Reinoldi-Kirche und stieg einmal um. Nach wenigen Minuten Fußweg war er da, es war ungefähr 22 Uhr. U-Bahnen sind ein perfektes Fortbewegungsmittel, sie waren verlässlich, im Gegensatz zu ihren Namensvettern ohne das Präfix. In einer Stadt wie Dortmund ersetzten sie jedes Fortbewegungsmittel, wenn man sich auf den Ortskern beschränkte. Hier im Ruhrgebiet gab es keine Großstadt die sich Stadt des Fahrrads nannte.

Er fuhr mit dem Fahrstuhl in den obersten Stock des gepflegten Gebäudes, direkt hinter den öffnenden Fahrstuhltüren befanden sich ein kurzer Flur und die Wohnungstür. Richard sah in der trüben Beleuchtung den improvisierten Zettel über der Klingel mit den Wörtern *bitte klopfen* und schlug seine Knöchel vorsichtig gegen die Tür. Es dauerte eine Weile, bis die Tür aufschwang und ihm Dunkelheit offenbarte. Darin Rachiels Schemen. Sie bat ihn mit einer Armbewegung hinein. Er trat in die düstere Wohnung und ließ sich von ihr führen, mit unauffälligen Seitenblicken betrachtete er sie dabei, ihre Hand haltend. Sie trug eine eng anliegende schwarze Stoffhose, die in Lederstiefeln mit hohen Absätzen steckte, dazu ein weißes geknöpftes Hemd, die Unterarme umgeschlagen, darüber eine schwarze breite Krawatte. Ihr schwarzes Haar war am Ansatz und etwa fünfzehn Zentimeter vor dem Ende mit jeweils einem schwarzen Band zu einem Zopf gezwungen, der über ihren Rücken strich. Sie wirkte sehr elegant und für einen Augenblick grübelte er, ob er sich falsch angezogen hatte.

In ihrer linken freien Hand trug sie eine Kerze, mit der sie den Weg beleuchtete. Sie schritten durch einen langen breiten Flur, rechts gingen erst ein stattlicher Raum mit altmodischer Einrichtung bestehend aus vielen Bücherregalen und bequemen Sesseln, sowie eine riesige Küche ab. Richard sah das frei stehende Kochrechteck, die großen Küchenfronten mit viel Glas und Silber, einen schönen robusten Tisch mit sechs Stühlen im Schein der Flamme. Rachiel sagte: »Gegenüber ist das Esszimmer«, als er in die Küche sah, und Richard bemerkte die geschlossene doppelflügige Tür.

Es gab mehr geschlossene Türen hinter einer Biegung des Flures, rechts führte eine Treppe nach oben, bis der Flur in einem riesigen Zimmer mündete, in dem ein Kaminfeuer Wärme verteilte und viele Kerzen den Boden und sämtliche Stellflächen säumte.

Der große Raum war quadratisch und an drei Seiten durchgehend mit einer Fensterfront versehen. Der Flur ging in der Mitte an der übrig bleibenden Seite in den Raum über. Links in der Fensterfront war eine Schiebetür hinaus zu einer Dachterrasse eingelassen. Rechts neben dem Flureingang befand sich der gemauerte Kamin. An den Wänden daneben und auf der anderen Seite vom Eingang hingen große Gemälde, die Richard in dem Licht aber unzureichend erkennen konnte. Der Raum war sehr hoch und oben befand sich eine Galerie in der Richtung, aus der sie gekommen waren, die Treppe musste dorthin führen. Rachiel ließ ihn los und trat zu den zwei Kanapees rechts gegenüber vom Kamin, auf einem ließ sie sich nieder, mit den Stiefeln darauf kniend.

Richard sah zur großen Fensterfront hinaus und erblickte in der Nähe einen gepflegten Park sowie in der Ferne die Lichter der Großstadt.

»Komm zu mir, Richard.«

Er genoss den Ausblick einen weiteren Moment, dann lächelte er und setzte sich neben sie. Für einen Augenblick dachte er daran sie zu fragen, ob sie die Stiefel nicht besser auszog, aber er kannte ihre potentielle Antwort: »Ich trage sie ausschließlich im Haus«. Sie goss einen Wein in zwei kristallene Gläser und reichte ihm eines. Sie stießen an, ihre Augen fest verbunden und tranken jeweils einen Schluck der roten Flüssigkeit.

»Es ist sehr schön bei Dir zu sein.«

Sie trank einen weiteren Schluck und wirkte erfreut über seine Worte. Ihre roten Lippen glänzten sinnlich und ihre schwarzen Augen wirkten beinahe verloren.

»Magst Du mir die Geschichte vorlesen?«

Mittlerweile hatte er sich an ihre Art gewöhnt, ihre selbstverständlichen Anspielungen auf Sachen, die früher gesagt wurden. Er hatte ihre Bemerkung beim Frühstück nicht vergessen und die Geschichte dabei. Er nahm seine Tasche von der Schulter, legte sie auf den Boden und entnahm einige Zettel. Sie schob zwei Kerzen auf dem Tisch näher zu ihm, schob sich danach auf dem Polster hinter ihn und begann seine Schultern zu massieren. Er seufzte genießend und begann zu lesen.

33.

MITBEWOHNER GESUCHT!

Vier junge WG-ler suchen den fünften Mann. Humor, Offenheit, Ehrlichkeit und ein Hauch Individualismus erforderlich.

Wir bieten ein gemütliches heimisches Zimmer, gute Wohnlage in Dortmund mit Uni-Nähe und bei Übereinkunft unsere loyale immer während Freundschaft.

Melde Dich bei Interesse.

Wir freuen uns auf Dich!!!

Auf das Klopfen hin öffnet ein junger Mann, knapp geschorenes Haar und einen an den Kanten nachrasierten Dreitagebart. Er lächelt freundlich und macht einen sympathischen Eindruck: »Hi. Du musst die Person vom Telefon sein. Schön, dass Du vorbeigekommen bist. Komm erst einmal rein. Ich stell Dir die anderen vor. Ich bin Jules.«

Er macht eine winkende Handbewegung und dreht sich, zurück in den Flur gehend. An der ersten Tür links des

Hausflures stoppt er und wendet sich, wieder freundlich lächelnd.

»Hier wohnt Andy. Ist ein netter Kerl, wird Dir sicherlich gefallen.«

Er greift zur Klinke, drückt diese hinunter und versetzt der Tür einen Schwung. Aus dem abgedunkelten Raum dröhnt ätherische Musik, welche den Geist zu benebeln scheint und der Qualm zahlreicher schwarzer Kerzen duftet wohlig und süß. Auf dem samtenen Teppich sitzt ein junger Mann mit strubbeligen Haaren, er trägt lediglich eine schwarze Jeans und locker darüber einen ebenfalls schwarzen Wohlfühlpulli mit Kapuze, an der Wand im Hintergrund der Aufdruck 'Shit Happens'.

»Vielleicht stören wir ihn besser nicht«, bemerkt Jules, nachdem man eindrucksvoll erblickt hatte, wie sich der Langhaarige mit zittriger Hand und verschwommenem Augenausdruck die lange Nadel einer Injektionsspritze in seine Halsschlagader stieß.

»Andy ist in Ordnung. Bisschen still, aber man kann sich an ihn gewöhnen. Dafür macht er nie Ärger. Komm, ich zeige Dir Marc.«

Jules geht weiter den Flur entlang und hält nur einen Meter weiter an der ersten Tür rechts an, welche er ebenfalls ohne zu klopfen öffnet. Die Augen erblicken ein Bett, dies war das Augenscheinlichste. Eine helle Bettdecke die hoch und runter schwingt. Nicht zu vergessen die Geräuschkulisse des Stöhnens, welche die Ohren vernehmen. Ein Kopf mit schwarzen gestutzten Haaren stülpt sich unter der Bettdecke hervor: »Verpiss Dich!«

»Bin gleich wieder weg, Marc. Ich wollte Dir den neuen Mitbewohner vorstellen.«

Der Kopf streckte sich etwas weiter heraus und die Augen begutachteten.

»Ach so, moin, ich bin Marc.«

Zur Begrüßung grinst er breit.

Jules macht eine Art militärischen Gruß mit der rechten Hand und schließt die Tür wieder.

»Er ist sehr umgänglich und immer offen für eine Party. Ich zeig Dir den Letzten, welchen Du kennen lernen musst.«

Jules offenbart den zweiten Raum auf der linken Seite. Überall liegt elektronischer Schrott, falls es Schrott ist. Schwer zu erkennen. Ein verwirrt erscheinender junger Mann mit zahlreichen nicht mehr vorhandenen Haaren als Kopfbedeckung und ausgedehnten Geheimratsecken schreitet von einer Raumecke zur anderen, als hätte er sich in seinem eigenen Zimmer verirrt. Auf dem Schreibtisch liegt etwas, das scheint, als hätte er zuletzt daran gearbeitet. Einige Drähte, eine daran angeschlossene Schaltplatine und ein elektronisches Display aus Dioden, welches Ziffern anzeigen kann. Die Drähte führen von der Platine zu einem metallenen Zylinder von Armgröße.

Der letzte WG-Bewohner hält eine Black Box in der Hand, einen kleinen Kasten mit unbekannter Funktion, welchen er in die Ecken und Winkel des Raumes hält. Vereinzelte kleine Knackser entspringen einer nicht sichtbaren Geräuschquelle am Gerät, plötzlich häufen sich die Knackser, ein scheinbar nicht mehr endendes Knacken entsteht, als der letzte Mann der WG den Kasten auf sein Bett zeigen lässt.

»Aha, es ist unter dem Kissen!«

Jules schließt diese Tür und lächelt aufmunternd, während er mit den Schultern zuckt.

»Er wohnt erst seit kurzem bei uns. Wir dachten zuerst er wäre arbeitslos, aber seit dem letztens die Pakete aus Russland angekommen sind, hat er ständig etwas zu tun. Ich schätze er arbeitet freischaffend als Wissenschaftler. Vielleicht. Wäre zumindest eine Erklärung. Zu Deinem Zimmer, falls Du Dich entscheidest ...«

Jules spricht den Satz nicht zu Ende und geht eine Tür weiter, buntes Plastikband ist quer vor der Tür gespannt, wie eine Sperre, die Tür ist versiegelt. Jules bleibt in der Bewegung abrupt stehen und dreht sich wieder um.

»Äh ... ich vergaß. Leider kann ich Dir Dein Zimmer nicht zeigen. Ne üble Sache, ne ganz üble Sache. Vielleicht gehen wir besser ins Wohnzimmer und besprechen Weiteres.«

Er lächelt zaghaft, doch seine Augen scheinen etwas zu verbergen zu versuchen. Um dies nicht zu zeigen, wendet er sich wieder und läuft weiter.

»Nun gut, dies ist das Wohnzimmer, gemütlich nicht. Nimm ruhig Platz, Du hast sicherlich noch fragen.«

Auch Jules setzt sich.

»Also, schade dass ich Dir Dein Zimmer nicht zeigen kann, aber ... nun ja, Du hast ja gesehen, also es geht nicht. Ne üble Sache. Die haben alles versiegelt, da darf keiner rein. Nicht mal wir, und wir wohnen hier schließlich. Bin aber auch nicht scharf drauf. Sicher nicht, nein, da muss ich nicht rein.«

Energisch schüttelt Jules den Kopf um seinen Worten Nachdruck zu verleihen.

»Tschuldigung, aber die Erinnerung an ... an diese üble Sache, dabei wird mir nicht besser.«

Er streicht über seinen dünnen Bart. Der Mann aus Zimmer Nummer eins tappst ins Wohnzimmer, er geht ein wenig wankend und frei von Sorgen, als er Jules erblickt, hebt er in einer Geste den Arm leicht, und will offensichtlich zu einer Frage ansetzen. Jules winkt ab.

»Jetzt nicht. Geh wieder in Dein Zimmer, ich erzähle unserem neuen Mitbewohner gerade die Sache.«

Andys Augen weiten sich, eine Sekunde lang steht er still, dann sieht man an seinem Hals, dass sein Körper zu würgen beginnt, und er versucht kommendes zu verhindern, in dem er die Hände vor den Mund presst und schnell in Richtung des Badezimmers, an dem Jules vorhin zügig vorbeigelaufen war, rennt. Jules schaut bedrückt, ein wenig Besorgnis entfährt seinen Augen.

»Er hat die Sache besonders schlecht vertragen, noch jetzt darf er nicht daran denken. Eine üble Sache, eine ganz üble Sache. Er hat die Sache damals entdeckt, gar nicht so lange her. Hat ewig gedauert, bis die alles beisammen hatten, nachdem wir sie gerufen hatten. Noch jetzt ist nicht alles sauber. Wahrscheinlich dürfen wir deshalb nicht rein. Schätze, da ist noch einiges zu finden.«

Eine laute Geräuschwelle verkündet, dass sich gerade jemand unkontrolliert entleert.

»War echt ein Schock für ihn. Habe ich damals nie dran gedacht. Der Vormieter war voll in Ordnung, er war ein Freund für uns. Ich hätte nie daran gedacht, dass der so etwas tut. Hat man ihm nicht angemerkt. Er hätte doch etwas sagen können, mit uns reden können. Aber so. Das ... das war nicht richtig. So eine verdammt üble Sache.«

Der Mann aus dem zweiten Zimmer stürmt herein, oberflächlich mit einer engen Boxershorts bekleidet. Er schaut wütend, stemmt die Arme in die Hüften, bevor er Jules anschreit.

»Ich habe Dir doch verboten über die Sache zu sprechen!! Scheiße, Scheiße, Scheiße!! Verdammte Scheiße! Ich hab es Dir gesagt! Wer beruhigt jetzt Andy?! Scheiße. Sprich nie wieder darüber!«

So schnell wie er gekommen war, ist er wieder verschwunden. Die Geräuschwelle der Entleerung ebbt langsam ab.

»Tut mir leid. Eigentlich hat er recht, ist wohl besser wir sprechen nicht mehr darüber. Wühlt bloß die Nerven auf, diese Sache. Wirklich ne üble Sache, eine ganz üble Sache. Kann man nichts machen. Du möchtest gehen? Kein Problem, kannst Dir ja alles in Ruhe überlegen. Ich weiß noch wie ich damals mit ihm hier gesessen habe, bevor er sich entschieden hat in unsere WG zu ziehen. Damals war noch alles in Ordnung. Jetzt ... aber egal, sprechen wir nicht mehr davon, wirklich eine verdammt üble Sache.«

Jules geht mit zur Wohnungstür. Das Badezimmer steht offen, der halbnackte junge Mann steht neben Andy, welcher vor der Toilettenschüssel kniet, säuerlicher Duft entströmt dem Raum. Marc hört Jules vorbeilaufen und schaut brummig herüber. Andy murmelt, lediglich einzelne Wortfetzen erklingen verständlich: »rot ... überall ... rot ...«.

Jules öffnet die Wohnungstür und hält sie freundlich auf.

»Du kannst Dir das ja überlegen und uns dann anrufen. Dann kannst Du auch Dein Zimmer sehen, nur momentan ... eine ganz üble Sache.«

34.

»Das ist mit Tom passiert, nicht?«

Richard blickte sie an, als würde er ihre Frage nicht verstehen.

»Eine ganz üble Sache«, fügte sie hinzu als er nicht antwortete. Sie schaute ihn mit klaren Augen an, so dass er nickte. Er nahm sie in die Arme und zog sie zu sich heran.

»Es tut mir leid, es Dir nicht vorher gesagt zu haben, Rachiel. Tom ist tot.«

Sie sah ihn aufmerksam an und zog ihn zu sich. Sie küssten sich liebevoll, und sie streichelte seinen Nacken in der Umarmung. Lange Zeit herrschte Stille. Dann legte sich Richard so auf das Sofa, dass sein Kopf in ihrem Schoß lag, und sie kraulte seine Haare.

»Was hattest Du für eine Beziehung zu Tom?«, fragte er leise.

»Er hat mich gefickt«, die Antwort war ihm eine Spur ehrlicher als gewünscht. Sie sah es an seinen zu redlichen blauen Augen: »Tom war ein netter Kerl. Er ist aber nicht beziehungsfähig. Nicht paarfähig. Aber wir verstanden uns gut. Er hat mich pro Woche dermaßen häufig gefickt, dass ich nicht einmal schätzen kann wie oft. Hat ihm viel Spaß gemacht seinen Schwanz in mich zu prügeln, er konnte damit sehr gut umgehen.«

Richard richtete sich auf, er verspürte bereits das Würgen im Magen. Seine Hände schwitzten. Sie drückte ihn wieder herunter und streichelte weiter sein Haar, ihn mit der anderen Hand fixierend: »Ein großes Prachtstück. Die Länge war nicht so wichtig, besser war es sogar, wenn er ihn nicht vollständig rein schob, ist sonst zuviel Druck. Aber die Breite war phantastisch. Man fühlte sich so ausgefüllt und von innen massiert. Ein schöner dominanter Schwanz, passte zu ihm. Hatte auch einen guten Geschmack.«

Richard fühlte die Übelkeit ansteigen, die Panik aufbäumen, die ihn dazu antrieb alle Energie darauf zu verwenden die Schleusen geschlossen zu halten.

»Und er blieb immer hart. Konnte direkt nach dem Wichsen weitermachen. Denkst Du an Jennifer?«

Er vernahm er die Worte unterbewusst, zu sehr hatte er damit zu kämpfen überhaupt zu verarbeiten, was sie da alles sagte. Plötzlich trafen sie in einer aufmerksamen Stelle in seinem Gehirn an.

»Jennifer?«, seine Hände zuckten. Sie hatte den Druck auf ihn gelöst und fasste eine Hand, spielte mit seinen Fingern.

»Deine Ex. Die Rothaarige mit den zarten Knospen an den Brüsten.«

Er starrte sie von unten an, und sie betrachtete ihn im Fackelschein. Die Panik hatte er vor Schock vergessen.

»Tom hatte sie ja häufiger zu Eurer Zeit als Paar als Du.«

Er riss sich los und stolperte direkt vorm dem Sofa auf den weißen Läufer. Sie kniete sich hinter ihn und legte die Arme um Richard.

»Die kleine Schlampe macht immer so ein tiefes kehliges Gekreische beim Stöhnen, fast unangenehm. Wir haben immer versucht es ihr auszutreiben, sie in der Tonlage hochzubringen, in dem wir sie härter fickten.«

Richards Körper zitterte in der Umarmung. Er schwitzte mittlerweile am ganzen Körper. Unter halbherzigen Bewegungen versuchte er weg zu kommen. Mit großer Anstrengung brachte er heraus: »Bitte hör auf!«

Sie lachte leise, aber nicht bösartig.

»Du willst es doch hören, Richard. Es fasziniert Dich. Und Du willst wissen, warum sie zu Tom ging, was ihr an Dir fehlte. Du brauchst das Wissen für Deinen Seelenfrieden.«

Er verhielt sich still in ihren Armen, kein Aufbäumen mehr. Sie küsste seinen Nacken, bevor sie weiterredete.

»Jennifer ist ein zu behütetes Mädchen, sie brauchte es hart und unnachgiebig, immer wieder und wieder. Wenn sie es einen Tag nicht bekam, litt sie an Fieber. Sie mochte Dich sehr, aber damals war der muskulöse Tom die Figur, die sie im Traum körperlich begehrte. Und Tom war leider nicht der richtige für ein Nein, als er bemerkte, wie sie ihn anschaute. Er öffnete die Badezimmertür eurer Wohnung eines Morgens mit einem Ersatzschlüssel, den er sich besorgt hatte, trat nackt ein, sie wollte gerade in die Dusche steigen. Seinen riesigen Schwanz hatte er bereits hart gewichst und mit Gleitcréme einmassiert. Als sie sich umdrehte, verwirrt und erschrocken, packte er sie an den Haaren, zwang sie auf die Knie und fickte sie hart auf den Fliesen durch. Damit sie nicht vor Lust schrie, riss er ihren Kopf hoch, beugte ihn und gab ihr während des Vögelns einen ausdauernden Zungenkuss. Und ich kenne seinen Schwanz nur zu gut, ihre Fassungslosigkeit, die Unbeherrschtheit, der Luftmangel, sie kam zweimal unter ihm, bis er seinen Schwanz raus zog. Sie muss sich direkt leer gefühlt haben. Dann ließ er Jennifer auf die Fliesen fallen und spritzte über ihren Rücken. Ich denke, sie hat nicht einmal bemerkt, dass er sie ohne Gummi durchgenommen hatte.«

Richard atmete flach und apathisch. Rachiel massierte wieder seine Schultern: »In derselben Nacht blieb sie aufgewühlt wach und verließ Dein Bett, nachdem Du eingeschlafen warst. Sie kam zu Tom ins Zimmer, ließ Höschen und T-Shirt fallen, schob ihre Hände auf seine nackte Haut und legte seinen nackten Körper von der Decke frei. Dann leckte sie an seinem Schwanz, bis er immer härter wurde und blies ihn. Als sie sich auf ihn setzte, spießte er sie von unten auf. Endlich war diese Leere nicht mehr da, die er zurückgelassen hatte. Sie waren noch um 6 Uhr morgens am ficken. Kurz bevor Du wach wurdest, verschwand sie im Bad, um sich von seinem Samen zu reinigen. Tom kennt keinen sanften Sex, er haut seinen Schwanz rein, und dann reitet er ohne erschöpft zu werden. Die Kleine war verloren, ein Kerl mit dem Körperbau ihrer kühnsten Wünsche veranstaltete mit ihrem Körper Dinge, die niemand sonst so offen mit ihr getan hatte, benutzte sie und gab ihr dabei solche Wonnen. Sie liebte Dich, Richard, aber darauf konnte sie nicht verzichten. Weist du, dass Frauen eine der seltenen Jagdbeuten sind, die genetisch darauf programmiert sind, gern gefangen zu werden? Statt sich zu tarnen, plustern wir uns heraus. Anders als im Tierreich. Wir wollen zwar nicht als Futter enden, dessen ungeachtet verbergen wir uns nicht.

Die Nacht an Deinem Geburtstag kam ich nach Eurer Feier spät zu Tom. Ihr schlieft bereits, ich schlich mich wie damals üblich hinein, und Tom empfing mich. Wir masturbierten gegenseitig, als sich Toms Tür öffnete, und wir beide uns still verhielten. Tom hatte mir von dem süßen roten Fang erzählt. Sie legte sich auf Tom ins Bett, ohne mich zu bemerken, Tom packte sie und zog sie auf den bereits erregierten Schwanz, um den ich mich vorher gekümmert hatte. Sie muss überrascht gewesen sein, dass er sie bereits hart erwartete, nicht wissend, dass sie dies meinen geschickten Händen verdankte. Richtig erschrak sie, als ich sie streichelte, aber Tom hatte sie gut im Griff, bestehend aus seinen beiden Händen und dem Glied in ihr. Sie begann schnell zu genießen, so dass ich mich aufrichtete und mich leidenschaftlich ihren Brüsten widmete. Ein wenig Kneifen ließ sie stöhnen, meine Fingernägel schenkten ihr eine Gänsehaut. Besonders mochte sie es, wenn ich während des Fickens ihre Klitoris stimulierte, ihren Nacken ausgiebig küsste oder ihre Kniekehlen streichelte. Je öfter sie zu uns kam, desto mehr steigerten wir es. Sie gewöhnte sich an mich recht schnell, wenn wir sie gemeinsam ausgiebig und wenig sanft in einem Dreier nahmen. Die Kleine hatte Feuer gefangen und war davon befallen. Ihr Fieber treib sie zu uns, zu ihm, zu mir.«

Rachiel hielt Richard in ihren Armen und sprach nicht weiter. Sie schmiegte sich an ihn und gab ihm ihre Wärme, war bei ihm, bis er sich beruhigte. Nach einigen Minuten drehte er sich ohne dabei ihre Arme wegzustoßen, beugte sich zu ihr und küsste sie. Ihre Hände zogen den Reißverschluss seines Sweaters nach unten und wanderten unter sein T-Shirt. Er öffnete die tiefsten drei Knöpfe ihres Hemdes und streichelte über ihren harten flachen Bauch. Sie genoss seine vorsichtige Berührung sichtlich und berührte sein Ohr mit ihrer Zunge. Langsam schob sie seinen Sweater über die Schulter, und als dieser zu Boden fiel, sein T-Shirt hoch, seinen Oberkörper freilegend. Er zog sein Shirt über den Kopf und warf es beiseite, ihre Nägel kratzten leicht über seine freigelegte Haut. Deutlich konnte sie seinen Brustkorb dahinter fühlen. Er widmete sich den weiteren Knöpfen ihres Hemdes, dahinter wurde ein weißer Spitzen-BH sichtbar und der Schmetterling, der bei jeder ihrer

Bewegungen sanft mit den Flügeln schlug. Seine Fingerkuppen ertasteten ihren Bauchnabel, seine linke Hand griff um ihren Rücken und öffnete den BH-Verschluß mit einem Schnippen.

Sie stieß Richard nach hinten, und er zog sie mit sich, mit den Händen ihren Rücken zärtlich streichelnd. Rachiel senkte ihren Kopf in einem herzlichen Kuss, er spürte ihr Haar an seiner Haut. Ihre Zunge umfing die seine liebevoll forschend. Richard liebte ihren Geschmack, ihren Geruch, ihre Haut. Sie verlagerte ihren Körper neben seinen und ihr Blick schweifte über ihn. Sein Brustkorb hob und senkte sich, während ihre Nägel Linien auf seiner Haut zogen. Ihr breiter Schlips kitzelte ihn, als sie sich bewegte, um alles andere wie ihr Hemd und die restliche Kleidung abzulegen. Mit einem faszinierten Blick beobachtete er sie dabei. Als sie nackt bei ihm lag, erhob er sich unter ihren Blicken, kniete sich über sie und küsste ihren Hals, ließ seine Zunge langsam zwischen ihre Brüste gleiten, reizte ihre Brustwarzen mit seinen Zähnen. Seine Zunge umkreiste ihren Bauchnabel bis seine Lippen ihn küssten.

Er schob sich tiefer, küsste die Innenseiten ihrer Oberschenkel und ihre Knie. Eine ihrer Hände hatte sich auf seinen Kopf gelegt und hielt, ohne ihn zu hemmen, seine Haare. Sie fühlte die Spitze seiner Zunge in Linien ihre Beine ertasten. Als sein Mund wieder höher wanderte, umkreiste er ihre Scheide von ihrer zarten Kitzlervorhaut bis hin zum Perineum, überall die rasierte Haut wahrnehmend, nahm ihren Geschmack in sich auf, als er vereinzelt über ihre Schamlippen strich, dabei berührten seine Hände ihre Beine. Sie hob ihren Schoß und bewegte ihn fordernd auf Richard zu, führte seinen kreisenden Mund immer wieder in ihr Zentrum. Er kostete erneut von ihren Labien, senkte schließlich die Hände um ihre Pobacken, hielt damit ihren Unterleib, als er seine Zunge vorsichtig zwischen ihre Lippen gleiten und sie auf ihrer Klitoris anhalten ließ. Langsam erhöhte er den Druck, in dem er seinen Kopf leicht nach unten bewegte. Jetzt bewegte er seine Zunge rhythmisch, links, rechts, immer dem Takt weiter folgend. Ihre Klitoris wurde stimuliert, er konnte den lustvollen Geruch spüren, mit dem sie feuchter wurde. Fest von ihm gehalten und gereizt winkelte sie ihre Beine an und klemmte sein erregiertes Glied zwischen ihre Füße, so dass es durch die Bewegungen seines Körpers von ihren Fußunterseiten und Zehen massiert wurde. Wie eine Ewigkeit schlug seine Zunge jeweils von einer Seite gegen ihre Klitoris, schob sie sinnlich hin und her. Abrupt bäumte sie sich auf und stieß laute Schreie aus. Er ließ von ihr ab, griff pressant zu seiner Hose, fasste eine Packung Kondome, die er aufriss, zügig eins in Händen halten. Während er die zuckenden Bewegungen ihres Unterleibes betrachtete, streichelte er mit der linken Hand ihr Bein, mit der rechten hielt er das Kondom an der Spitze fest, senkte es auf seine Eichel und rollte es mit den Fingern auf seinen Penis.

Erregt senkte sich ihr Körper wieder, sie richtete sich auf und ergriff mit den Händen sein Becken, ihn zu sich ziehen. Mit geschickten Bewegungen führte sie ihn direkt in sich hinein, sein Schwanz wurde von ihr umfangen, und er spürte die Wirkungen ihrer verklingenden und wieder kommenden Lust, sie presste die Muskeln der Levatorschenkel zusammen, und Richard fühlte die bewusste Verengung ihrer Scheide, wie kaum eine Frau diese Quermuskeln, die die Vagina wie eine Schlinge umgeben, trainiert hatte.

Richard legte sich zu ihr, beide Unterleiber schlugen immer wieder gegen den anderen, er umarmte sie leidenschaftlich, küsste an ihren Ohrläppchen und labte sich an ihrem Körper. Sanft vereint schwelgten sie ihrer Erregung im Schein der Kerzen.

Als Rachiel bemerkte, dass Richard davor stand seinen Orgasmus zu erleben, sich aber zu beherrschen suchte, drehte sie sich abrupt mit einem Schwung, warf ihn auf den Rücken, kam rittlings auf ihn zum Sitzen und stieß mit ihrem Becken weiter zu. Ihr Schlips schlug abwechselnd gegen ihre Brüste, welche sie ihm verlockend hinhielt, prallte gegen sein Gesicht, die Knospen seine Lippen berührend, ihre Scheide im Wechsel zusammen zuckend und nachgebend. Er war wie im Rausch, als all seine Kontrolle abfiel, und er sich ein letztes Mal aufbäumte.

35.

»Hast Du ihn geliebt?«

Sie lagen eng umschlungen auf dem weichen Teppich vor dem Kamin, genossen ihre Wärme und die des Feuers, das einzige Kleidungsstück dieses schwarze Stück Stoff an ihrem Hals.

»Nein«, ein Flüstern, »Tom war nicht für Gefühle. Wir haben uns verstanden. Wie Freunde, die das Gleiche wollen. Nie hatten wir eine Beziehung wie ein Paar. Ich mochte ihn, er mochte mich. Und wir fanden unsere Körper geil. Nicht mehr und auch nicht weniger.«

»Nicht weniger?«, fragte er irritiert.

»Jennifer. Sie verabscheute Tom, fand ihn dumm und hasste ihn, weil er keine Gefühle zeigte. Aber sie ließ sich gern benutzen.«

»Sie ist bei mir geblieben, weil er ihr nicht alles gab«, meinte er verstehend in einem bitteren Tonfall. Statt einer Antwort küsste Rachiel ihn.

»Zum ersten Mal bin ich froh, nicht mehr mit ihr zusammen zu sein.«

Sie lächelte ihn bezaubernd an: »Der Moment wird kommen, an dem sie weiß, was sie alles an Dir verloren hat.«

»Warum wollte Tom Selbstmord begehen?«, fragte Richard unvermittelt ohne auf ihre Bemerkung einzugehen.

»Weil er nicht mehr teilnehmen konnte«, erwiderte sie leise.

»Teilnehmen woran?«

»An allem.«

Er öffnete den Mund, doch sie legte ihm einen Finger auf die Lippen.

»Seit wann schreibst Du schon, Richard?«

»Seit meinem zwölften Lebensjahr denke ich. Da wurde es zumindest eine ernstere Beschäftigung.«

»Hattest Du da schon Leser?«

»Nein«, lachte er ein wenig, »viele meiner Sachen sind ausschließlich für mich selbst bestimmt.«

»Wann wirst Du Dein erstes Buch veröffentlichen?«

Er zögerte, sie gab ihm die Zeit zu einer Antwort: »Wahrscheinlich nie. Wenn man keine Beziehungen hat und nicht bekannt ist, dann lesen Verlage nicht einmal die Geschichten, die man zur Probe einschickt. Ich habe es mehr als einmal präpariert um festzustellen, ob überhaupt jemand einen Blick hineingeworfen hat. Ausgesucht zu werden ist wie ein Lottogewinn. Und ich habe nie Glück beim Gewinnen.«

Sie strich ihm über das Haar: »Ich mag Deine Geschichten. Ich würde gern einen Roman von Dir lesen.«

Er sah sie dankbar aber auch resigniert an. Einige Sekunden lang war nur beider Atem zu hören.

»Ich bin verliebt in Dich.«

Sie schenkte ihm ein freundliches Grinsen: »In mich oder Rachiel?«

»Kenne ich denn den Unterschied?«

»Ich sage Dir meinen Namen, wenn Du mich weiterhin Rachiel nennst«, bot sie widerstrebend an.

Er nickte mit ernsten Augen. Sie beugte sich zu ihm und flüsterte ihm ins Ohr. Danach liebkosten sie sich eine Zeitlang.

»Jetzt wissen wir, was Du Tom voraus hast. Du bist verliebt, und Du kannst sehr sanft sein. Jetzt interessiert mich, was er Dir voraus hat.«

Sie zog ihre Krawatte vom Hals und legte sie über seine Augen. Kunstvoll mit geübten Fingern vollzog sie einen Knoten und nahm ihm alle Sicht. Danach ergriff sie sein Handgelenk und gab ihm mit einem Zug zu verstehen, dass er aufstehen sollte. Sie führte den Nackten mit verbundenen Augen aus dem großen Raum, er spürte die Wärme des Feuers schwinden. Sie gelangten an eine Treppe, und Rachiel ließ ihn empor gehen. Die Treppe machte eine Wendung, bis sie die obere Etage erreichten. Richard vermutete, dass sie sich jetzt auf der Galerie befanden. Sie hielt ihn weiterhin mit einer Hand, als sie sich leicht von ihm entfernte, und er gleichzeitig lauter werdende klassische

Musik vernahm – vielleicht von Joseph Haydn, aber er konnte sich nicht darauf konzentrieren – und ein Geräusch, als würde etwas verschoben. Es klang, als öffnete sich eine Tür, so dass die Musik zu ihm dringen konnte. Er machte auf ihren Druck hin Schritte über marmornen Boden, nach einigen Metern spürte er etwas Weiches an den Unterschenkel, und etwas kaltes Hartes über dem Knie. Er streckte den rechten freien Arm aus, während sie ihn herum führte. Als er gerade einen stählernen Pfosten mit dem Arm berührte, stieß sie ihn, und er fiel vorwärts auf einen weichen Untergrund. Weiter tastend fühlte er einen Körper, der sich anspannte, aber sich in seine Richtung drängte, als labte er nach Berührungen.

Rachiel Hände umfassten seine Taille und führten ihn weiter auf das Bett. Er spürte Beine und wurde dazwischen dirigiert. Als er verharrte, begann Rachiel, die er hinter sich spürte, seinen Schwanz zu reiben. Er streckte die Hände vor sich, und tatsächlich lag dort ein Körper unter ihm. Warme Haut bäumte sich unter seinen Händen gierig auf, samtartige Brüste reckten ihre Brustwarzen. Er spürte Rachiels linke Hand mit dem Arm um seine Taille an seinem Glied, ihre rechte unter ihm durchgeschoben spielte mit seinen Hoden. Zwei weitere Hände strichen jetzt von unten über seinen Brustkorb, kratzten ihn dabei, wanderten zu seinen Händen, packten diese um mit ihnen auszuholen und gegen die Brüste zu schlagen. Als seine Hand unbekannte Haut traf, vernahm er ein gierig lüsternes Stöhnen. Zweimal schlug er vorsichtig auf die Brüste, die sich ihm immer mehr entgegenreckten, jetzt wo die Unbekannte nicht mehr lag, sondern ihren Oberkörper leicht aufreckte, wirkten ihre Brüste noch dominierender, ähnlich Rachiels, deren allerdings fester waren. Bei jedem Schlag fuhr das Becken der Unbekannten hoch, prallte gegen sein Skrotum und trieb ihn weiter an, bei jedem Schlag weniger Vorsicht walten zu lassen. Seine Hände klatschen gegen die Seiten ihre Brüste, und er spürte wie Rachiel ihm ein Präservativ über seinen verlangenden Schwanz zog. Sie führte sein Becken heran, und er stieß zu. Grob packte er die Brüste und presste sie brutal, schlug sie und fickte, er nahm kaum wahr, dass Rachiel sich für einige Augenblicke entfernte um wieder zu ihnen zu kommen. Dabei stieß sie ihn nach vorn, so dass er sich weit über die Fremde bückte, sein Kopf sich ihrem näherte, und er versuchte diese zu küssen. Seine Zunge bemerkte Lederbänder und eine Kugel, welche in ihrem Mund steckte, doch ihre Hände klammerten sich an ihn und zogen sein Becken immer wieder triebhaft an sich heran, sie wollte härter durchgenommen werden. Rachiel küsste Richards Nacken, seine Schultern. Er spürte, wie sie enger hinter ihn trat. Das Becken der Fremden kam höher und presste sich gegen ihn, so dass er gezwungen war zum Ficken weiter auszuholen. Plötzlich hielt der Körper unter ihm still, obwohl er sie weiter nahm, er spürte wie sich all ihre Muskeln in einem Augenblick des Schmerzes zu verkrampfen schienen. Und abrupt bemerkte er, dass sein Schwanz ihr Inneres nicht mehr allein beherrschte, etwas Weiteres glitt in sie und drückte ihre Scheidenwände nah an ihn. Richard erlebte, wie sich Rachiels Körper hinter ihm im schnellen Takt zu wiegen begann, ihre Brüste schlugen gegen seine Rücken, wenn er sich ein wenig aufrichtete. In genau diesem Takt spürte er, wie etwas die Fremde unterhalb seines Schwanzes penetrierte, lediglich eine dünne Muskelschicht trennte es von seinem Glied. Angestoßen von

Rachiel begann er weiter zu vögeln, und der Körper der Unbekannten geriet in Ekstasen.

Die Fremde stemmte sich auf ihre Arme ihm entgegen, und der gierige Hauch aus ihrem geknebelten Mund drang ihm entgegen. Er packte ihren Kopf am langen Haar um sie eng bei sich zu halten, stieß immer wieder unnachgiebig zu, dabei das Gefühl habend, dass sein Schwanz vor Erregung immer härter wurde. Ihr Gesicht so nah in der Dunkelheit vor sich, leckte er über ihre Lippen. Bei dem Versuch ihre Augen zu küssen, spürte er, dass auch diese verbunden waren. Rachiels Hand streifte seine Haare, und sie flüsterte in sein Ohr: »Lassen wir sie sehen, was wir Schönes mit ihr machen.«

Er spürte jede von Rachiels Bewegungen durch die Variationen des Drucks an seinem Geschlechtsorgan. Seine Lippen bemerkten, wie Stoff fiel, und sie küssten ihre Augen. Dann verharrte er wenige Zentimeter vor dem fremden Gesicht, er spürte erneut, wie sich ihr Körper verkrampfte, wie im ersten Moment, als Rachiel sie gemeinsam mit Richard zu ficken begonnen hatte. Er konzentrierte sich auf Rachiels Körper hinter ihm, begann dem Takt des schwarzen Engels zu lauschen und ihn aufzunehmen und im schnellen Wechsel stießen sie zu. Richard vernahm deutlich, wie der Körper unter ihm sich in ekstatischen Muskelkrämpfen verging, immer wieder kurzfristig unterbrochen von Bruchteilen der Entspannung, um noch verkrampfter zusammen zu zucken.

Später bemerkte er, wie Rachiel sich aus dem Körper der Unbekannten zurückzog, aber er war noch gierig und stieß weiterhin zu, während die Fremde hinunter sackte. Rachiel nahm seinen Hodensack in den Mund und saugte erschreckend gut daran. Er fasste die fremden Hände, presste sie unter sich auf den Untergrund und gab ihr den Rest, selbst nicht lange durchhaltend mit Rachiels geschickter Zunge die seine Hoden stimulierte.

Sie zog ihn zurück, riss das berstend volle Gummi herunter und begann den erschöpften Schwanz mit den Fingern zu massieren. Zu seiner Überraschung war er in wenigen Sekunden wieder steif und nicht viel später, und er spritze voller Wohlgefallen in die Dunkelheit, die Frau unter sich besudelnd. Fast hätte er Lust gehabt weiterzumachen, aber Rachiel zog ihn nach hinten von der Fremden weg, und für einige Momente war er allein, leise Schritte von der Musik verdeckt vernehmend. Später flüsterte Rachiel in sein Ohr: »Wer weiß, vielleicht hat Tom Dir gar nicht viel voraus.«

Als sie ihm die Binde abnahm, sah er sich mit ihr allein in einem düsteren Raum, auf einem voluminösen Bett mit Stahlrahmen. Neben dem Bett auf dem Boden war im Schatten noch ein schlanker eingeölter Dildo an einer Art Tanga aus Lederbändern erkennbar.

36. MONTAG

Lässig schlenderte Richard auf den Mathetower im Norden der Universität zu. Zwei Studenten aus dem Strom, der ihm entgegen kam, nickten ihm zu. Richard schritt pfeifend durch die Flügeltüren. Sein Magen verhielt sich erstaunlich ruhig, und er war gut gelaunt. Er war schnell zu Hause gewesen um sich zu Duschen und umzuziehen, hatte bislang ein zuckerfreies Bonbon zu sich genommen, das er die ganze Zeit von der Innenstadt zur Universität in der S1 gelutscht hatte. Größtenteils hatte es regungslos im Mundwinkel gesteckt. Er betrat das Audimax, wandte sich nach rechts und trat nach dem Durchgang in das Erdgeschoß des Mathetowers. Vorher hatte er sich im Internet schlau gemacht und den Namen Sonja zu Personen mit Büros im Mathetower zweimal gefunden. Einmal im dritten Stock, einmal im siebten. Statt sich von unten nach oben vorzuarbeiten, beschloss er diesmal hinten anzufangen, die sieben war immer seine Lieblingszahl gewesen. Er benutzte einen der Fahrstühle, zwängte sich zu zwei offensichtlichen Professoren und zwei neu an der Uni wirkenden Studenten und fuhr hinauf in die siebte Etage.

Der Mathetower war mit zehn Stockwerken das höchste Gebäude des Dortmunder Universitätscampus. Deshalb – und wahrscheinlich weniger wegen dem Fachbereich Mathematik den es größtenteils beherbergte, aber was sind schon Wahrscheinlichkeiten – war es ein beliebter Ausgangspunkt für Selbstmörder. Es hielten sich hartnäckig Gerüchte, dass sich hier im letzten Jahr, es hieß jedes Jahr »im letzten Jahr«, mehrere Studenten von oben heruntergestürzt hatten. Glaubhafter wurde dies aufgrund der ständigen Repetitionen nicht. Makabererweise musste Richard daran denken, als er im Fahrstuhl auf sein Ziel wartete.

Er erreichte das richtige Büro, es lag auf der linken Seite – Blick auf die charakteristische Hochbahntrasse – und klopfte trotz der offen stehenden Tür. Eine helle Frauenstimme bat ihn herein, und er sah eine blonde objektiv hübsche junge Frau in einem roten T-Shirt und blauer Jeans, die aber fast vollständig vom Schreibtisch verdeckt war. Ihre Haare waren nach hinten gestrichen und mit einem Lederband zusammen gebunden, sie wirkten dadurch nicht sehr lang. Sie kam ihm nicht bekannt vor.

»Hi, suchst Du den Professor?«, fragte sie hilfsbereit doch reserviert. Richard verbannte alle Selbstzweifel, seit der Befreiung von Tom in seinem Leben gelang es ihm immer mehr seine Minderwertigkeitsgefühle nicht mehr zu verspüren. Er wusste mittlerweile was er wert war, als Mensch, als Person die bereits viel erreicht hatte, als eigenständiger Charakter. Lediglich neben Tom war er verblasst. Richard musste sich lediglich immer wieder daran erinnern. Er lächelte. Einen Raum mit einem Lächeln zu betreten entwaffnet die Anwesenden.

»Nein, wenn man einen Professor gesprochen hat, dann hat man alle gesprochen. Ich heiße Richard und suche Sonja.«

»Ich bin Sonja«, meinte sie freundlich aber überrascht.

»Hoffentlich auch die richtige«, scherzte er, grinste schief, und als sie ihn verwirrt ansah, fügte er hinzu: »Bleibt die Frage wie wir das raus finden.«

Er gönnte sich keine Pause im Redefluss: »Ich soll Dir was von Tom überbringen. Sagt Dir der Name was?«

Sie starrte ihn an, bis sie auf einen Stuhl deutete und selbst aufstand um die Bürotür zu schließen. Er setzte sich wie gewünscht und versuchte die Situation zu entspannen.

»Tom und ich teilten uns eine Wohnung. Ich weiß nicht so recht, wo ich anfangen soll. Weißt Du, was Tom passiert ist?«

Sie nahm wieder Platz und nickte: »Stand doch in der Zeitung, und das spricht sich an der Uni schnell herum.«

Richard wusste, dass nicht sonderlich viel in der Zeitung stand. Weder von Mord noch Selbstmord wurde gesprochen, sondern von einem ungeklärten Todesfall. Die Polizei verhielt sich schweigsam. Aber wahrscheinlich erregten Polizisten mit dummer Fragerei an der Uni Aufsehen.

»Gut«, Richard entschloss sich, nicht zu viele Informationen heraus zu geben, »Tom ließ mir vor seinem Tod noch einen Brief zu kommen. Darin stand, ich sollte Dich aufsuchen und ihn Dir zeigen. Hier.«

Richard zog den Brief aus seiner Umhängetasche und reichte ihn ihr. Ihm war, als würden ihre Hände zittern als sie den Brief in Empfang nahm.

»Eigentlich ist nicht der ganze Brief für Dich … aber lies ruhig alles.«

Richard dachte bei sich, dass der Brief den Tod nicht erwähnte. Weder würde sie mehr über Mord noch über Selbstmord erfahren. Was Tom wohl beim Formulieren des Satzes gedacht hatte?

Sonja, wenn der Schwarze Engel fällt, kann auch das Licht nichts mehr erhellen.

Sie beschäftigte sich sehr lange mit dem knappen Text. Richard wurde ungeduldig, aber er zügelte sich.

»Danke, dass Du mir den Brief hergebracht hast.«

Sie schaute abrupt vom Brief zu ihm, dann wieder hinunter, als wäre sie unschlüssig. Richard wartete. Sie spürte, dass er nicht gehen würde.

»Du bist der Schriftsteller«, bemerkte sie und hielt diesmal den Augenkontakt aufrecht. Er versuchte keine Gesichtsregung zu zeigen und war dankbar, als sie weiter sprach: »Tom sagte mir, dass er verschwinden würde. Er war sicher zwei Wochen nicht mehr hier. Er meinte auch, dass irgendwann ein Freund von ihm kommen und mir diesen Satz zeigen würde. Du. Und dass Du ein Buch schreiben würdest, in dem auch ich vorkomme.«

Richard nickte langsam. Er spürte, wie sein Atem unregelmäßiger und hektischer wurde, ebenso meldete sich sein Magen: »Hat er Dir bereits gesagt, worum es in dem Buch gehen würde?«

»Ja, ein Thriller. Über Sex, Gewalt und einen Mordpakt.«

Richard wurde speiübel.

»Hat er Dir nähere Infos zum Inhalt gegeben?«

Sie grinste und schien entspannter zu werden, im Gegensatz zu Richard: »Hey, Du bist der Schriftsteller!«

Plötzlich stand sie auf und trat auf ihn zu: »Alles OK, Du wirst so blass?«

Richard murmelte: »Mein Magen, ich habe noch nicht gefrühstückt.«

Sie ging zu einer Schreibtischschublade und zog einen Schokoriegel hervor. Richard dachte nicht weiter nach, öffnete die Packung rasch und stopfte sich das Gift hinein.

»Wir können auch ein wenig an die frische Luft gehen, ich habe ohnehin jetzt Mittagspause.«

Wenig später spazierten sie gemeinsam über den Unicampus. Sie ließ ihm die Gelegenheit sich zu fangen, bevor sie das Gespräch begann. Bereits im Fahrstuhl hatte er ihren angenehmen Geruch wahrgenommen, jetzt war er nicht mehr so deutlich aber vorhanden.

»Wie kamst Du zur Schriftstellerei?«

Richard antwortete wahrheitsgemäß: »Ich bin kein Schriftsteller. Ich verdiene kein Geld damit meine ich, und

Du kannst keines meiner Bücher kaufen. Tom hat wohl ein wenig übertrieben. Ich studiere hier in Dortmund.«

Sie lachte anmutig.

»Nein, er war ehrlich. Er sagte, Du bist Schriftsteller, aber dies wird Dein erstes Buch, das Du veröffentlichst.«

Ihre gefärbten Haare zeichneten ein paar dunkle Strähnen. Er steckte unauffällig seine Hände zur Hose und zog diese wieder ein Stück aufwärts und rückte sein T-Shirt gerade.

»Aber es ist nicht fertig.«

»Wie auch, schließlich bekomme ich eine Rolle. Und Du hast mich ja jetzt erst kennen gelernt.«

Ihre Argumente waren bestechend.

»Wie viel ist denn bereits fertig?«

Er spielte mit der Hand nervös an seiner Armbanduhr.

»Zweidrittel. Du bekommst eine wichtige Rolle im letzten Part«, pokerte er.

»Das klingt aufregend. Ich freue mich schon darauf es zu lesen und zu erfahren, wer alles an dem Mord beteiligt war.«

»Der Mord?«, stotterte Richard.

Sie knuffte seinen Arm: »Den Mord in Deinem Buch.«

Er sparte es sich »Ah ja« zu sagen und grinste ihr stattdessen zu. Verzweifelt überlegte er, wie er mehr Informationen bekam. Ihm kam eine Idee: »Eine Freundin sagte mir einmal 'Jeder Mensch hat seine Sucht'. Was ist Deine?«

Sie antwortete spontan: »Lesen. Ich lese sehr gern und liebe Bücher. Nicht alles, aber Dir gebe ich eine Chance.«

»Das ist Deine Sucht?«, hakte er ungläubig nach, mehr erwartend.

Sie zwinkerte ihm zu: »Ja. Ist auch gut so, sonst hätten wir uns nicht kennen gelernt. Ich traf Tom vor einigen

Monaten – ich glaube sieben sind es jetzt – in der Bibliothek, wir kamen ins Gespräch und haben uns häufiger gesehen, er hat mich einige Male im Büro besucht, und wir waren Kaffeetrinken.«

Richard war unschlüssig, welchen Hinweisen er folgen sollte, wie eine Fahne, die zu ihrer Verwirrung Wind aus vielen Richtungen bekam: »Tom in der Bibliothek?«

»Ja, er hatte dort vorher eine Lerngruppe mit einem dunkelhaarigen Mädchen. Wir prallten aufeinander, als sie hinter einem Regal hervorkamen.«

Rachiel.

»Was sollte Dir der Satz sagen?«, fragte Richard gierig nach Antworten.

»Nichts denke ich«, meinte sie nach kurzem Nachdenken und schaute ihn offen an.

»Er sagte bloß, es würde der Schriftsteller mit diesem Satz zu mir kommen.«

Richard wirkte verzweifelt: »Aber da muss mehr sein, hast Du nichts zu dem Satz zu sagen?«

Sie setzte ein beschwichtigendes Lächeln auf: »Er sah es sicher als einen Witz zwischen uns. Wir hatten vor nicht langer Zeit eine Diskussion über Engel. Ich beharrte darauf, dass Engel ursprünglich nichts weiter als Bote bedeutet. Er fand das lustig.«

Und plötzlich wusste Richard, welchen Hinweis Tom ihm geben wollte. Er fühlte sich bestätigt. Aber eine Sache quälte ihn weiterhin: »Du und Tom, ihr ward …«

Sie unterbrach ihn: »Ich glaube, er kam von seinem früheren Studienfach E-Technik nicht los. Ich half ihm bei einigen Kräfteberechnungen für ein Projekt.«

Richard wagte einen weiteren Versuch: »Tom …«

Hastig blieb sie stehen und blickte auf ihre Uhr: »Oh shit, ich bin doch Beisitzerin in einer Prüfung. Komm bald mal wieder. Und ruf vorher an.«

Sie winkte, während sie Richtung Mathetower hastete.

37.

Richard Handy klingelte, als er noch wütend auf sich selbst über seinen weiterhin ungestillten Wissensdurst Sonjas verschwindende Silhouette fixierte. Er schaute auf das Display, ein unbekannter Anrufer.

»Hi.«

»Hallo Richard«, drang Rachiels beruhigende dunkel-melodische Stimme an sein Ohr, »ich gebe heute Abend eine kleine Party, magst Du kommen?«

Richard überlegte nicht lang: »Ja, soll ich zu Dir kommen?«

»Zu mir? Du weißt doch gar nicht wo das ist.«

»Das Penthouse?«, fragte er.

»Nein, das gehört einem Freund, aber dort ist das Treffen.«

»Er lässt Dich dort wohnen?«, klang Richard ungläubig.

»Nicht wohnen, ich darf dort ficken wen und wann immer ich will, solange die Kameras laufen, und er somit auch seinen Spaß haben kann.«

Richard hielt erstarrt inne. Nach einigen Sekunden meinte Rachiel: »Richard, nicht umsonst waren gestern überall Kerzen angezündet. Ich habe die Sicherungen ausgeschaltet. Deshalb musstest Du klopfen.«

Perplex antwortete er nicht.

»Sei gegen 21h da«, der Anruf war beendet.

Er entschloss sich zum Südcampus zu fahren, um dort in der Informatikbibliothek noch etwas zu recherchieren. In Gedanken gefangen bemerkte er beim Betreten der leeren Hochbahn nicht, dass Jennifer hinter ihm eintrat. Als er sich setzen wollte, erblickte er sie an den noch offenen Türen stehend, sie schaute unentschlossen und wirkte nervöser als er in letzter Zeit war, er harrte in der Bewegung und lehnte sich an die Kunststoffsitzreihe. Schweißtropfen hatten sich auf ihrer Stirn gebildet, die von den roten dichten Haaren eingerahmt war. Jäh trat sie an ihn heran, während sich die Türen hinter ihr schlossen, und bevor er realisierte was geschah, hatte sie seine Hose zu Boden gezogen, nahm sein Glied in den Mund und begann mit dem Oralverkehr, den rasch steif werdenden Penis zusätzlich mit der Hand massierend. Früher als er sich zu einer abstoßenden Handlung zwingen konnte, übernahm sein Körper genießend die Kontrolle, und eine Hand klammerte sich in ihren Haarschopf. Als die Bahn vor der Endstation im Südcampus langsamer wurde, war sein Kopf frei, sein Samensekret entlud sich in ihr. Sie strich sich einmal mit der Fingerspitze über die Lippen, küsste seine Eichel und zog abschließend wieder seine Hose hoch, den Gürtel der Cargohose enger ziehend. Jennifer richtete sich wieder auf, blickte ihm tief in die Augen, schmiegte ihren Körper an ihn, während die Bahn in die Station einfuhr und flüsterte einschmeichelnd: »Es war wunderbar gestern. Ruf mich an.«

Perplex trat Richard aus der Hochbahn, sie blieb und fuhr zurück in den Norden.

38.

Richard fuhr mit dem Fahrstuhl erneut hoch zum Penthouse. Er hatte kein gutes Gefühl, daher fuhr er einige Stockwerke tiefer mit dem Fahrstuhl, verließ diesen und nutzte die Treppe. Es war der Eindruck beobachtet zu werden, der ihn dazu trieb. Es war weniger gefährlich eine Tür langsam auf zu machen, denn in einem Fahrstuhl zu stehen und plötzlich präsentiert zu werden, wenn die Pforten auf glitten. An der Tür klebte ein Briefumschlag, den »*für Richard*« zierte. Er zog einen Notizzettel hinaus, in wenigen Worten war dort beschrieben, wohin er in der Wohnung gehen sollte. Die Tür stand einen Spalt offen. Er ließ sie hinter sich zuschlagen und ging den Flur entlang, dann die Treppe hinauf. Die Wohnung war ähnlich dunkel wie bei seinem letzten Besuch, diesmal fehlten aber die Kerzen. Dafür waren die Lampen, welche wie Fackeln an den Wänden befestigt waren, gedimmt aktiviert. Oben angelangt schaute er sich um. Er sah rechts vom Treppenaufgang die Brüstung, dahinter lag der große Wohnraum. Links vom ihm befand sich eine Doppelschiebetür aus Milchglas, dort befand sich das Schlafzimmer. Ein Zucken in seiner Hose beantwortete die Gedanken daran. Er beherrschte sich. Richard hatte viele Fragen an Rachiel und beabsichtigte sie zu stellen.

Geradeaus vor ihm lag eine Wand, aber vor der Wand ging links ein Flur ab. Er schritt am Schlafzimmer vorbei und folgte diesem Flur. Rechts ging eine Tür nach wenigen Metern ab, und eine ganz am Ende des Ganges. Links befanden sich zwei Türen, die in Räume hinter dem Schlafzimmer führen mussten. Wie beschrieben, ging

Richard zu der Tür ganz am Ende des Ganges rechts, sie führte in einen Fitnessraum, den Hantelbänke, diverse Geräte aus Metallgestängen, Gewichten und Federn und ein großer Flachbildschirm füllten. Dort lief ein Musikvideo, der Ton drang aus gut verborgenen Lautsprechern, Richard sagte es nichts, aber es hörte sich dunkel und aufpeitschend an, besser konnte er es nicht klassifizieren. Die Videowand befand sich gegenüber der Tür wie ein Bild an der Wand. Die Wände waren hell gestrichen, aber da der Bildschirm momentan als einzige Lichtquelle fungierte, war der Raum relativ düster und ins Zwielicht getaucht. Die rechte Wand war geziert von einem großen Panoramaglas und einer gläsernen Tür daneben, und Richard sah dahinter in ein hell erleuchtetes Schwimmbad. Es gab einen großzügigen Beckenrand, gesäumt mit kleinen Fliesen die Mosaiken bildeten. Frauenportraits, zum Wasser hin angeordnet. Vier schlichte moderne Liegen aus dunklem Holz mit Lederbezügen dienten als Möbelstücke, jede mit einem kleinen dazu passenden Beistelltisch ausgestattet. Links vorne in der Nähe der Glasfront stand eine kleine Bar mit drei Hockern.

An der Wand ihm gegenüber meinte Richard glänzende Kettenglieder zu sehen, die im Mauerwerk eingelassen waren. An der rechten Wand befand sich eine Schiebetür, es musste die Tür sein, an die er im Gang vorbeigegangen war. Eine Gruppe von sieben nackten Männern stand um den Pool verteilt, sie schauten zu der Wasserfläche und rieben sich teilweise ihre Schwänze. Sie waren alle relativ hoch gewachsen und schlank. Sie wirkten durchtrainiert, zwei von ihnen hatten Muskelpakete, die sie in jahrelangem Training und mit Hilfsmitteln erworben haben mussten. Richard sah mit einer Mischung aus Übelkeit, Entsetzen und Faszination, wie eine junge Frau mit seichten Armzügen durch das Wasser schwamm und mit zufriedenem Blick die Handhabungen der Männer beobachtete. Nach einer Weile zog sie sich an der Seite zu Richard gewandt aus dem Wasser hinauf auf den Beckenrand. Sie fuhr sich mit den Händen durch das schulterlange Haar und strich einen Großteil des Wassers hinfort. Im Licht der Deckenstrahler bemerkte Richard jetzt, dass ihre Haarpracht blau gefärbt war.

Die Männer ließen sie nicht aus den Augen, und von den sieben massierten jetzt bereits sechs ihre Glieder, einer nahm dazu beide Hände. Das Mädchen war geschätzte zwanzig Jahre alt und hatte einen durchtrainierten dünnen Körper mit fest wirkenden Brüsten, die Richard mager erschienen. Sie ging mit wiegenden Bewegungen einmal um den Pool herum und fokussierte die Männer, ab und an einen Schwanz mit den Fingernägeln streifend.

Schließlich trat sie zu der Schiebetür und öffnete diese. Ein Engel in Lack trat hinein. Rachiel trug schwarze Lackstiefel, stumpf zulaufend, mit sehr hohen spitzen Absätzen, einen Tanga aus Lackstriemen der nichts verdeckte, und eine Korsage die eng geschnürt ihre Taille umschlang, ihre prallen Brüste anhob und in Form zur Geltung brachte, aber nicht verhüllte. Sie trug ein Halsband und hielt eine doppelzüngige Peitsche in der rechten Hand. Lackhandschuhe verbargen ihre Unterarme, die Finger ließen sie frei.

Rachiels schwarze Haare waren streng nach hinten gekämmt und mit einem Lederband zu einem langen glatten Zopf modelliert. Ihre Hüften wogen einladend, als sie ins

Zentrum der Männer vor dem Pool schritt. Die andere Frau folgte ihr, um schlagartig willkürlich einen knallenden Peitschenschlag auf ihre Brüste zu bekommen, als Rachiel sich umwandte. Sie schrie vor Schmerz auf, vor allem aber weil es sie unvorbereitet getroffen hatte. Richard konnte den Schrei durch die Glasscheibe ohne Dämpfung vernehmen, die Vermutung lag nahe, dass Mikrophone den Raum aufnahmen, und der Ton bei ihm erklang. Eine Stimme, die Richard bereits kannte, erklang aus dem Nichts, ruhig und doch herrisch: »Gehorcht meiner Sklavin und lasst Euch erfreuen.«

Jetzt lächelte Rachiel bezaubernd die anwesenden Männer an und für mehrere Sekunden blieb ihr Blick auf die Glasscheibe gerichtet. Ihre Augen zielten ein wenig neben Richard, der deshalb mutmaßte, dass die Scheibe von der anderen Seite verspiegelt war. Rachiel sprach zwei der Männer an, einen muskelbepackten Riesen mit einem dicken aber eher kurzen Schwanz, und einen nicht dermaßen übertrainierten jungen Mann, dessen Glied als einziger herunterhing, er hatte bislang nicht masturbiert. Ihre Stimme erklang dergleich klar, als würde sie neben Richard stehen.

»Du fickst sie, Du peitscht sie!«

Die blaue Mähne wurde von dem kräftigen gepackt, der auch die Peitsche entgegennahm und die zwei Männer zogen das Mädchen zu der anderen Seite des Pools, nahmen die Ketten, die an der Wand hingen, und schlossen sie um ihre Handgelenke. Auf dem Weg zur anderen Seite war das bislang schlaffe Glied des einen steif und hart geworden und glänzte jetzt lang und dünn im Licht der Deckenstrahler. Als sie gefesselt war, zog er sie zu sich, führte seinen Schwanz ein und stieß im Stehen mit seinem Becken zu. Nach anfänglichen Versuchen drang er rasch in sie ein und nahm sie ruckweise, woraufhin die Muskeln des anderen deutlich hervortraten, als der seinen Arm hob und die Peitsche auf ihre prallen Hinterbacken prügeln ließ und sie unter ihrem von Lustschreien unterbrochenen Wimmern ohne Rücksicht züchtigte.

»Nehmt Euch alle einen der Becher. Wir spielen wer etwas gibt darf etwas nehmen. Ihr wichst jeder in einen Becher. Und alle gemeinsam in den größeren dort!«

Die fünf übrig gebliebenen Männer schauten auf die kleinen und den einen größeren Becher, auf die Rachiel zu den Worten der unsichtbaren Stimme zeigte.

»Wenn Ihr alle den großen bis zum Rand füllt, fickt Ihr mich gemeinsam durch. Wer seinen eigenen Becher am meisten füllt, bekommt mich danach, die anderen müssen gehen. Füllt sooft Ihr wollt, Ihr habt zwei Minuten. Wieviel Ihr in welchen wichst, entscheidet ihr selbst.«

Die Männer holten sich die kleinen Becher, einer von ihnen reichte auch jeweils einen den zweien, die hinten ihrer Lust frönten. Sie fingen alle an zu masturbieren, selbst der peitschende mit der freien Hand, außer dem Mann, der das Mädchen von vorn nahm, während sie geschlagen wurde. Er zog immer wieder sein schlankes Geschlechtsorgan aus ihrer Scheide und spritzte in seinen Becher, bevor er sie herum drehte und zwanglos von hinten stieß, während ihre Brüste ausgepeitscht wurden. Richard hatte sich eine ganze Zeit nicht bewegt, er war in der Beobachtung erstarrt. Nach ungefähr der Hälfte der Zeit suchte einer den größeren Becher auf, und wichste mit einem lüsternen Seitenblick auf Rachiel hinein. Er reichte ihn weiter. Nach und nach erhielt jeder diesen Becher. Rachiel lächelte und massierte ihre

Brüste dazu. Dann befahl sie allen zu ihr zu treten, auch die beiden im hinteren Teil ließen von der Gefesselten ab, sie hing erschöpft und voller Striemen in den Ketten. Rachiel kontrollierte die Becher, sie ließ sich Zeit und strich teilweise dabei über die unterschiedlich harten Phallusse der Männer.

»Bedient Euch an der Schale wenn Ihr Eurer Lust nachgeben wollt«, erklang die körperlose, sanft erregende weibliche Stimme, nachdem Rachiel beim Betrachten des großen Bechers genickt hatte.

Mehrfach lief sie zwischen den Männern hindurch, die bereits Kondome von der Bar geholt hatte und sich überzogen. Sie schien zufrieden. Bedächtig nickte sie, kaum hatte sie mit der Bewegung angefangen, als der Kraftprotz sie grob von hinten packte, dass Becken hochriss, so dass sie vorn über fiel, und er seinen Schwanz in sie schlug. Zwei andere Männer fingen sie an Armen und Schultern um wett zu eifern, wessen Glied in ihren Mund stieß. Der Muskelprotz kam nach wenigen Sekunden und setzte sich erschöpft auf eine Liege, einem anderen Platz machend. Sie wechselten sich ab, manche benötigten länger, waren ausdauernder, andere waren eher zu schlaff, dabei wurde sie mehrfach zu Boden geworfen und auf den Fliesen gevögelt, an den Haaren empor gerissen und im Stehen genommen. Sie drückten Rachiel an den Schultern herunter und schoben die Fleischstücke mit den Überziehern in ihren Mund. Je gröber sie wurden, desto mehr schien es Rachiel zu gefallen. Trotzdem fehlte es nicht an einer verwirrenden Form von Respekt. Keiner wagte es, dass Kondom wegzulassen, teilweise wechselten sie es nach einer Reinigung in einem Bassin nahe der Bar, wenn einer von ihren ein weiteres Mal seinen Spaß mit ihr haben wollte. Sie gaben ihr Hiebe, aber keiner davon konnte verletzen, wie Richard nach langer Zeit mit geschärftem Blick wahrnahm, und gegen Ende bemerkte er oft die nur Sekundenbruchteile dauernden Blicke, mit denen sie feststellten, ob ihr Lustobjekt weiterhin Lust verspürte. Zu Beginn hatte er dies nicht zu sehen vermocht.

Nach endlos dauernder Zeit hatten sie alle mehrfach ihren Spaß mit ihr gehabt und viele verbrauchte Kondome lagen in einer Schüssel. Einige hatte ihre Gunst erworben und spritzten auf ihrer Haut ab, bevorzugt ihre strammen Brüste. Die schweißglänzenden Männerkörper mit den Blicken bewundernd und immer noch erregt erhob sich Rachiel. Sie deutete auf den jungen Mann, der bereits das Mädchen hatte nehmen dürfen und stolzierte bedächtig zu der Glastür an Richard Warteraum.

Der junge Mann strich sich durch sein fingerlanges Haar und folgte ihr. Im Näherkommen bemerkte Richard, dass der Typ ein ganzes Stück größer als er selbst war, trotz der hohen Absätze ihrer Stiefel konnte er Rachiel direkt in die Augen blicken. Sie trat zuerst ein, hinter ihr der Mann, der die Tür zufallen ließ, und Richard zwar sah aber ignorierte. Er war gefesselt von Rachiels jugendlichem Hintern, den sie an einem der Fitnessgeräte vorn über gebeugt gekonnt in die Luft reckte und in Szene setze. Statt ihren Tanga wie vorhin zur Seite zu schieben, ließ er ihn ihre Beine hinunter gleiten. Richard sah, wie der Schwanz des Mannes vor Vorfreude zuckte. Er freute sich auf das, was er mit dem vollsten Becher erlangt hatte. Er zog sich ein neues Präservativ über und führte den gierigen Stab vorsichtig an Rachiels Schamlippen heran um diese sanft mit seiner Eichel zu massieren. Rachiel genoss es einige Sekunde, bis sie schließlich zu erregt und dem Vorspiel abgeneigt, ihren Hintern zurück drückte. Sein Schwanz glitt unter Richards Blicken bis zum Anschlag in Rachiel, die genießerisch lauthals stöhnte. Der Fremde umfasste ihre Hüfte und führte ihren Körper langsam vorwärts und zurück. Er genoss es, diesmal nicht zu schnell zu stoßen, genüsslich verwöhnte er sein Glied mit ihrem Unterleib. Rachiels angespannter Körper erzitterte dabei.

Jäh befreite sie sich nach Minuten mit einem Ruck von ihm und nickte Richard zu, ein Zeichen ihr zu folgen. Mit geschickten Bewegungen der Beine und der Füße in den Stiefeln ließ sie den Tanga ganz zu Boden fallen. Sie verließ den Raum durch die Tür zum Flur, strich sich dabei über den Po. Der Mann ging hinterher, und Richard sah, wie sie in die Tür gegenüber traten. Er legte rasch seine Kleidung ab und schloss sich den beiden an. Sie befanden sich in einer heißen Sauna, die Luft war zum Schneiden. Der Mann lag mit dem Rücken auf einer Holzbank in der Mitte der Sauna, Rachiel saß rittlings auf ihm, sie hob und senkte ihr Becken weit, sein wirklich langer Schwanz wurde optimal hervorgehoben. Richard sah sie von hinten, wie sie ihren heutigen Besitzer verwöhnte und sich herunter beugte um diesen zu küssen. Richard quälte ein unglaubliches Gefühl von Eifersucht, dass ihn nieder zu peitschen drohte, aber seine Erregung war ein gravierendes Gegengewicht. Nackt trat er näher zu Rachiel heran. Sie beugte sich über den Mann, befriedigte ihn mit wellenden Bewegungen weiter. Richard fing ein Kondom auf, welches sie ihm zuwarf und rollte es über. Er schloss für einen Moment die Augen, tief einatmend, die schwere Luft und die Hitze benebelte ihn und nahm ihm die Sinnesschärfe. Die Stimme der unbekannten Meisterin erklang in der Sauna: »Nehmt meine Sklavin und füllt sie zu ihrer Freude aus.«

Er trat an sie heran, sie legte ihren Oberkörper auf den festen Körper unter ihr und streckte ihre Arme nach hinten. Richard ergriff ihre Hände und ließ sich von ihr führen. Rachiel zog ihn heran, schien trotz ihrer Hüftbewegungen genau zu spüren, wo sich sein geschwollenes Geschlechtsorgan aufhielt. Ihr gelang es seine Spitze zu ihrer Pospalte zu führen, wo sie ihn rieb. Ohne Unterlass vereinigte sie sich dabei mit dem Mann unter ihr. Sie griff mit der linken Hand unter die Holzbank, von dort hatte sie bereits das Kondom herbeigereicht, dann erschien ihre Hand wieder, und sie strich mit ihren Fingen die Pospalte entlang, von oben nach unten. Richard sah, wie sie sich dort im trüben Licht einschmierte. Der Fingernagel ihres Mittelfingers begann ihren Anus zu umkreisen, das enge Loch zuckte bei den Bewegungen. Bedächtig, als wollte sie, dass er sie dabei genau betrachten konnte, schob sie ihren Finger Glied um Glied in ihren Po, bis an dieser Stelle lediglich der fingerlose Handschuh harrte. Sie ließ sich Zeit, völlig beherrscht glitten ihre Finger stimulierend in sie, und sie verkehrte mit dem Liegenden. Richards Blut sackte in seine Genitalien, und seine Erregung prügelte auf ihn ein. Als sie zuletzt ihren Finger Millimeter für Millimeter wieder herausgezogen hatte, presste er seinen Schwanz in das vorbereitete Loch, und sie fickten sie gemeinsam zu mehreren Höhepunkten, er spürte die fremden Bewegungen, die sich durch Rachiels Körper auf ihn übertrugen.

39.

Spät in der Nacht lagen Rachiel und Richard eng umschlungen gemeinsam in dem Schlafzimmer des Penthouses. Richard lag weiterhin wach, er vernahm Rachiels gleichmäßigen Atem. Sie schlief. Richard stand auf und schlich sich aus dem Raum. Die Wohnung wirkte düster und die Wände waren voller Schatten. Von der Galerie aus schaute Richard durch die Fensterfront des Wohnzimmers hinaus auf die Stadt. Es war ein Moment zum Reflektieren, aber er war zu unruhig. Richard mochte es im Dunkeln zu sein, er brauchte kaum Licht um sich zurechtzufinden. Die Augen gewöhnen sich schnell an Dunkelheit, und der Mond schien heute hell. Dieses Restlicht fand seinen Weg durch die Fensterfronten und die Oberlichter des Penthouses. Er fing an die Wohnung zu erkunden. Zuerst ging er die Treppe hinunter und schaute sich die Räume an, die sich in der Etage befanden. Das Wohnzimmer ließ er dabei aus. Der Flur der an der Treppe und dem Wohnzimmereingang begann hatte bis zur Biegung nur eine Tür ganz am Ende auf der rechten Seite und eine frontal. Die Tür rechts musste in einen Raum unterhalb der Bartheke vom Pool führen. Der Pool selbst belegte sicher einen großen Teil rechts vom Flur mit seinem Becken. Der Zugang offenbarte ein in Marmor gehülltes Bad mit einer Dusche. Die Tür, die sich daneben im Flurknick befand, führte in ein Büro. Ein großer Ledersessel stand hinter einem gewaltigen Mahagonischreibtisch, darauf ein silberner Brieföffner. Teure Gemälde zierten die vertäfelten Wände. Jemand hatte diesen Raum mit viel Geschmack und viel Geld eingerichtet, was durchaus auf die Wohnung im Gesamten zutraf. Und an der Wand neben der Tür, gegenüber dem Schreibtisch befanden sich Aktphotographien, Richard betrachtete sie und erblickte unter anderem Werke von Bitesnich, Sam Haskins und Dianora Niccolini. Auf zweien Schwarzweiß-Bildern war Rachiel abgebildet, solo in erotischen Posen.

Richard schaute auch hinter die Bilder, nicht wirklich daran glaubend einen Safe zu finden, trotzdem konnte er es nicht lassen. Wohl wissend nicht die Fähigkeit zu besitzen, einen vielleicht tatsächlich vorhanden Safe zu öffnen. Lediglich Wand hinter den Photographien. In den Regalen befanden sich einige Bücher, teils englische Wirtschaftsfachliteratur, einige Magazine. Die glatt polierte Mahagoniplatte des Tisches war vom Brieföffner abgesehen leer. In den Schubladen fand Richard einige Briefe adressiert auf eine Firma mit einer Dortmunder Adresse, er schaute auf die Umschläge und legte sie wieder beiseite. Der nächste Raum war das Esszimmer, dass Rachiel bei seinem ersten Besuch erwähnt hatte, und welches gegenüber der Küche lag. Richard schüttelte beim Betreten den Kopf, wer benötigte ein Esszimmer, wenn bereits sechs Personen ohne weiteres an dem Tisch in der hochmodernen Küche Platz nehmen konnten. Der Raum wirkte steril, und Richard glaubte nicht, dass es tatsächlich passend zu seinem Namen genutzt wurde. Zwar war die Einrichtung die eines Esszimmers, aber sein inneres Auge beantwortete seine zweifelnde Frage, es gaukelte ihm Bilder von Rachiel auf dem pompösen gläsernen Tisch und den weißen Ledersitzen in diversen Stellungen vor. Diese Wohnung war zu steril, als dass hier jemand wohnte. Dies war ein gewaltiger Spielplatz für Erwachsene. Richard ging wieder die Treppe empor.

Oben schritt er durch den Poolraum, das kleine Fitnessstudio, die Sauna. Er zwang sich seine Phantasie nicht schweifen zu lassen und aufmerksam zu beobachten, aber er sah nichts Ungewöhnliches. Es lagen nicht einmal mehr benutzte Kondome herum, das Mädchen musste nach ihrer Sitzung – der Orgie – Ordnung geschafft haben. Richard schaffte es nicht Lautsprecher zu finden. Sie mussten sehr gut und professionell integriert sein. Irgendwie hatte er erwartet etwas zu finden, einen Raum wo die mysteriöse Herrin die Kontrolle ausübte, Spuren, etwas Licht im Dunklen. Nichts.

Letztlich ging er wieder zurück ins Schlafzimmer. Rachiel ruhte unbewegt, sie war fest im Schlaf gebunden. An der linken Wand vom Eingang des Schlafzimmers befand sich die Tür zum marmornen Badezimmer, und Richard trat ein. Er wusch sich das Gesicht mit Wasser, wie eine Geste um einen freien Kopf zu bekommen. Ob es tatsächlich wirkte war zweifelhaft. Dann ging er wieder zu Rachiel zurück. Vor dem Bett blieb er stehen und betrachtete sie. Sie lag auf dem Bauch, ein wenig zur Seite ausgerichtet. Ihr Körper war halb von der leichten Decke umhüllt, aber er war ausreichend entblößt um ihm Lust zu bereiten. Seine Augen fokussierten ihre Lackstiefel, die sie vor das Bett gelegt hatte, nachdem sie diese langsam ausgezogen hatte. Neben den Stiefeln verweilten ihre Handschuhe. Plötzlich kam ihm ein Gedanke, und er schloss die Augen, um sein räumliches Wahrnehmungsvermögen Revue passieren zu lassen. Das Schlafzimmer und die Sauna. Jetzt wusste er, was nicht passte. Da war zuviel Platz für die beiden Räume.

Nachdem er leise die Rückwand des Schlafzimmers mehrere Minuten untersuchte, fand er rechts vom Bett eine

Tür, welche in die Wand eingelassen war. Sie war in der Holztäfelung schwer auszumachen, ließ sich aber recht simpel öffnen, wenn man mit der Hand an einer bestimmten Stelle drückte, wie es Richard schließlich zufällig gelang. Der Raum hatte keine Fenster und keine Oberlichter. Dennoch konnte Richard nach seinem Eindringen genug ausmachen, die vielen LED's tauchten den Raum in ein Wechselspiel von farbigem Licht. Standby-Leuchten von Monitoren und einer Tonanlage, sowie zwei Computern und externen Festplatten. Der Raum bestand größtenteils aus einer Tischfront, die sämtliche elektronischen Einrichtungskomponenten dankbar aufnahm und einem Schreibtischstuhl davor. Richard schloss die Tür leise hinter sich und aktivierte die Monitore, holte die Computer aus dem Standby. Einer war passwortgeschützt, und Richard gab direkt auf, ein Passwort zu raten klappte in Filmen, aber zu selten in der Realität. Er kannte sich zu gut für solche unsinnigen Versuche aus. Aber der andere war nicht gesperrt, und er erkundete ihn mit Interesse. Er setzte die Kopfhörer auf, die neben dem Monitor lagen und betrachtete neugierig die Oberfläche des momentan aktiven Programms. Laut der Symbole, der Listen und Baumansichten schien das Programm Audiodateien zu verwalten. Richard spielte ein einige nacheinander ab.

»Bedient Euch an der Schale wenn Ihr Eurer Lust nachgeben wollt.«

»Gehorcht meiner Sklavin und lasst Euch erfreuen.«

»Gib Dich hin und lass Dich ficken!«

»Spritz in sie!«

Er kannte diese Stimme. Nein, er konnte sie keiner Person zuordnen, aber das war jetzt nicht mehr nötig. Es hatte in seinem Kopf klick machte und er verstand. Lange Minuten saß er ohne Kopfhörer vor den Monitoren, obwohl diese unlängst durch Untätigkeit wieder in den Standy-Modus gewechselt hatten. Er ging seiner Erkenntnis nach und grübelte. Etwas fehlte. Das wie. Jäh füllte ein breites Grinsen sein Gesicht aus, und er verließ den Raum leise aber rasch und trat wieder neben Rachiel. Sein Blick wanderte ihre Linien entlang, und er spürte, wie erregt er wurde. Zu perfekt war das, was sich ihm im Dämmerlicht darbot. Aber vorher gab es eine Kleinigkeit. Er bückte sich und nahm etwas vom Boden auf, um es zu betrachten. Schließlich lächelte er, befreite Rachiel vorsichtig von der Decke und setzte sich bedächtig über sie. Sein erregiertes Glied fand Zugang zu ihr und überrascht aus dem Schlaf aufgeschrocken ließ sie ihn herein.

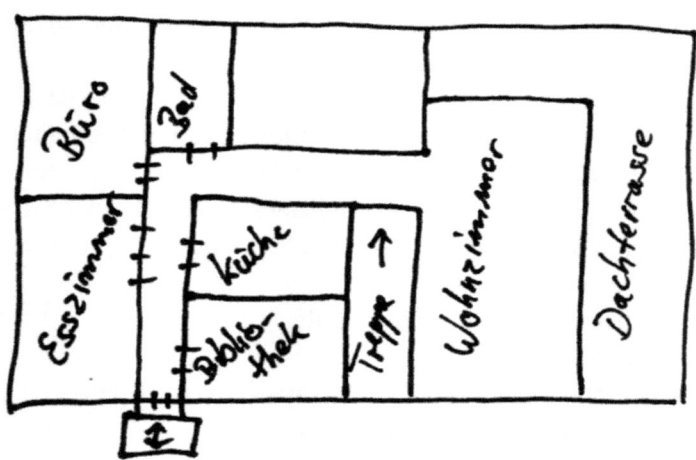

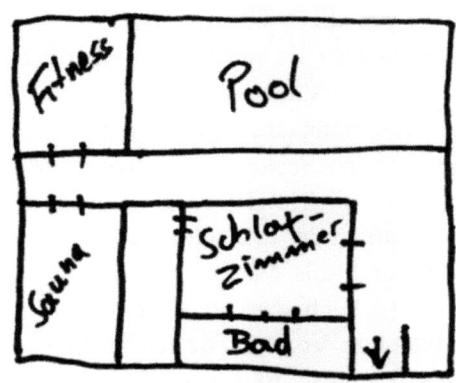

Sie gab ihm später einen Abschiedskuss und verließ die Wohnung. Es war um die vier Uhr, und Rachiel hatte ursprünglich bereits nicht vorgehabt die gesamte Nacht bis zum Morgen in der Wohnung zu verbringen. In einem Rock, einem schwarzen Oberteil, ihren Stiefeln und einem leichten Mantel, der alles zu verdecken schien, machte sie sich auf den Weg zur U-Bahn.

Richard befand sich mit gehörigem Abstand hinter ihr. Er brauchte Antworten, und wenn er diese nicht in Gesprächen fand, würde er ihnen anderweitig näher kommen. Er betrat den Bahnsteig nicht und blieb in den Gängen stehen. Erst als die Bahn einfuhr und einige Sekunden gestanden hatte, rannte er los, nicht bemerkend, dass eine andere Person auf dem anderen Ende des Bahnsteiges es ihm gleich tat. Diese fremde Gestalt hatte extra den anderen Bahneingang genutzt, nachdem sie Richard durch die Gassen gefolgt war.

Bei jedem Stopp beobachtete Richard aufmerksam, ob Rachiel ausstieg. Dies geschah in Dorstfeld. Seine Vorsicht war hier gesteigert, es war ein beschauliches Wohnviertel ohne Passanten um diese Uhrzeit. Beim Gehen merkte er sich die Straßennamen. Sie betraten die Oberbank, die an der U-Bahn-Station in das Viertel hinein führte und bogen später links auf die Unterbank ab. Nach einem Rechtsknick bog Rachiel rechts in eine Sackgasse, Richard verharrte an der Mündung. Er sah, welches Haus sie betrat, dass reichte ihm vorerst. Den Schatten, der mit gehörigem Abstand durch die Straßen schlich, und teils wie er hinter Autos huschte, hatte er nicht bemerkt. Auch dass er weiter bei ihm blieb, als Richard wieder ohne Vorsicht walten zu lassen zurück zur U-Bahn schlenzte und in die Innenstadt fuhr, nahm er nicht wahr. Jetzt wusste Richard, wo Rachiel wohnte. Morgen würde er prüfen, ob ihr Name, dem sie ihm zugeflüstert hatte, der Wahrheit entsprach. Er kehrte heim.

Im Hauseingang an der Brückstrasse, stand ein grobschlächtiger Mann und verrichtete eine Tätigkeit, die Richard höchst ungern im Aufgang zu seiner Wohnung sah. Er klopfte dem Mann, der mit dem Rücken zu ihm stand, auf die Schulter, der in Ruhe seinem Harndrang bis zum Ende nachging und sich dann nach dem Geräusch des schließenden Reißverschlusses umdrehte. Er sah Richard wie eine lästige Fliege an, der vor ihm klein und schmächtig stand. Richard wollte dennoch nicht nachgeben: »Mach das bitte demnächst anderswo.«

Der Typ grinste ihn frech an, einer seiner unteren Vorderzähne fehlte: »Ich mach's demnächst in Deiner Wohnung, Du Arsch!«

Richard seufzte unwillig. Es gab Menschen, die auf freundliche Worte allergisch reagierten und immer ein Problem verursachten. Und Richard war sich sicher, das gerade entstandene Problem nicht lösen zu können. Der

Mann hatte eine glatt rasierte Kopfhaut, aber Richard neigte nicht zu Vorurteilen. Schließlich gab es in allen Menschengruppierungen gute und schlechte Charaktere, die Frage war lediglich die statistische Verteilung. Als sein aggressives Gegenüber näher trat, wich Richard ein Stück zurück, während er lapidar bemerkte: »Lass es einfach zukünftig.«

Das Grinsen wurde breiter. Und schwoll in derselben Sekunde ab, als sich von seiner rechten Seite ein Mann mit einem langen Messer und von der linken jemand mit einem großen Spazierstock näherte. Richard lächelte den indischen Kioskbesitzer, der das Holz wie einen Schlagstock hielt, und den türkischen Verkäufer aus dem Dönerladen an. Der Dönermann flüsterte dem Skin etwas ins Ohr, der erbleicht nickte und zügig verschwand. Richard bedankte sich: »Nett von Euch.«

Der Inder nickte freundlich und deutete eine Verbeugung an, um daraufhin wieder hinter seinem Tresen mit dem Verkaufsfenster zu verschwinden. Der andere winkte Richard auffordernd zu und trat in seinen Laden zurück. Richard folgte ihm und setzte sich auf einen hohen Stuhl, den er zur Theke zog: »Magst Du was Essen, Richard?«

»Nein danke, Yasin. Aber lass uns gern was trinken«, begann Richard die Plauderei.

»Hab Dich lange nicht gesehen. Hab aber auch viel daheim gewesen, mein Sohn gekommen.«

»Hey, gratuliere!«

»Nett. War lange Geburt, aber prima Junge«, schaute Yasin stolz. Richard wusste mittlerweile, dass er deutlich besser deutsch konnte, aber sich hier auf der Strasse anpasste. Es gehörte zum Verkaufsdialekt.

»Schön zu hören. Dann lass uns mal anstoßen«, meinte Richard freundlich grinsend und zog die Dose mit der Light-Limonade auf, die Yasin ihm gereicht hatte, der selbst Ayran bevorzugte. Sie prosteten sich zu, tranken, dann herrschte Stille. Nach Minuten fing Yasin an zu reden: »Es tut mir leid.«

Richard nickte mit schmal zusammen gepressten Lippen.

»Er war vorher noch hier. Hab ich aber keinem erzählt. Tom sagte auch, niemand sollte das wissen. Polizisten fragen zuviel. Gibt nur Scherereien.«

»Wie viel vorher?«, fragte Richard aufmerksam.

»Halbe Stunde, Stunde vielleicht. Soll ich's sagen?«

»Nein, ist nicht wichtig. Vergiss es einfach«, antwortete Richard mit einer deutlichen Handbewegung. Yasin nickte.

»Die verdächtigen Dich.«

Richard grinste wieder: »Ja, macht Sinn, nicht?«

Yasin kam wieder auf das andere Thema zurück, und sie schwatzten über seinen neu geborenen zweiten Sohn. Voller Stolz erzählte er alles über die ersten Tage, die Reaktionen seiner Familie, seine Pläne für das Kind. Richard wunderte sich nicht darüber zu hören, dass der Neuankömmling mit Erreichen des Mannesalters die noch nicht geborene Tochter eines türkischen Arbeitskollegen von Yasins Bruder heiraten würde, allerdings wusste er nicht, ob Yasin nur scherzte. Irgendwann gähnte Richard, und er verabschiedete sich herzlich.

»Noch eine ruhige Schicht, Yasin.«

»Schlaf gut, Richard. Und komm mal wieder einen Döner essen.«

Richard kommentierte den letzten Satz mit einem müden Lächeln. Er erhob sich vom Sitz und stellte ihn zurück an die

Wand des Ladens. Vor dem Verlassen wandte er sich erneut zu Yasin: »Danke, dass Du nichts erzählst. Ich habe noch was für Dich, hätte ich fast vergessen.«

Er zog einen Umschlag aus einer Tasche und reichte ihn Yasin, der ihn erstaunt entgegennahm. Yaslin legte den Kopf schräg und schaute Richard an, der ihm zunickte. Daraufhin öffnete dieser ehemalige Hauptessenslieferant der WG die Verpackung und zog ein Bündel Geldscheine heraus. Überrascht starrte er Richard an: »Danke Dir, Richard.«

»Schon OK, Yasin. Ist von Tom. Er hätte gewollt, dass ich es Dir gebe.«

40. DIENSTAG

Richard hatte einen gemeinsamen Bekannten am Telefon. Zu seinem Missfallen plauderte dieser ohne Unterlass und versuchte – ohne genau zu wissen was passiert war – die Hintergründe Toms Todes zu analysieren. Richard hielt sich mit Antworten bedeckt, er hielt seinen Gesprächspartner ohnehin für Telefoniesüchtig und wusste, dass Antworten bei ihm unerheblich waren. Es würde eher vorbei gehen, wenn er seine Antworten auf ein Minimum beschränkte.

»Ich meine, Tom, weißt Du? Damals, da war er herrlich unkompliziert. Aber in letzter Zeit. Ich meine, wann hat man sich denn mal gehört, geschweige denn gesehen. Habt Euch ja immer mehr eingeigelt da. Ich meine, da bei Euch in der WG. Und dann auch noch Dortmund. Ich meine, ist ja nicht gerade eine beschauliche Kleinstadt. Da passiert ja schon eine Menge. Ich meine, in so einer Großstadt. Kann man ja nicht vergleichen. Mag ja heute anders sein, aber damals. Ich meine, ich kenne es dort ja noch von früher. War eine reichlich rote Gegend. Ich meine, da bei Euch in der Strasse war man der käuflichen Lust ja nicht gerade abgeneigt. Und dann noch die Uni. Ich meine, wer studiert ist doch ohnehin komisch, oder? Freiwillig Massen an unsinnigem Wissen in sich aufnehmen, braucht man doch ohnehin nie wieder. Ich meine, wann habe ich mal Mathe gebraucht. Nach der Schule meine ich. Und dann noch wechseln, noch mehr Zeit vergeuden. Wie kommt jemand eigentlich von Elektrotechnik zu Sprachwissenschaften? Ich meine, da war doch schon etwas falsch bei Tom.«

Da dämmerte es Richard. Das war die falsche Frage, die Frage war, wie jemand von Sprachwissenschaften wieder zu E-Technik kam. Er legte mitten im Gespräch auf, ignorierte das Klingeln, suchte ein Mitarbeiterverzeichnis der Uni und wählte die gefundene Telefonnummer.

»Hi Sonja, hier ist Richard.«

»Ach, hi Richard«, erklang ihre Stimme im neutralen nicht unfreundlichen Tonfall.

»Ich habe eine Bitte, hast Du Unterlagen zu den Berechnungen bei denen Du Tom geholfen hast?«

Er hörte es Rascheln, danach wieder ihre Stimme, diesmal klang sie verschmitzt: »Klar. Die bekommst Du, wenn Du mich zum Abendessen einlädst.«

Warum hatte Tom, der sich den Sprachen als Studium zugewandt hatte, Berechnungen für ein E-Technik Projekt benötigt? Aber jetzt gab es noch eine weitere Frage. Richard holte das Telefonbuch und suchte nach einem Firmennamen, den er im Büro einer gewissen Penthousewohnung kennen gelernt hatte. Zwei Anrufe und einige Minuten

Internetrecherche später hatte er einen Frauennamen herausgefunden. Alleinige Inhaberin. Geboren vor 43 Jahren. Und ein viel interessanteres Fakt, Professorin für Psychologie. Es musste sich um eine interessante Frau handeln, die spannende Wissbegierden besaß, dachte Richard.

41.

Richard umarmte Rachiel, und sie küsste ihn liebevoll. Er schwitzte, obwohl er nur mit einem schwarzen Polo-Shirt bekleidet war, sein Körper schwächelte allmählich. Das wenige Essen und die physische und mentale Belastung der letzten Tage forderten Tribut. Richard setzte sich zu ihr an den Tisch im Freien des Lokals, es war derselbe Platz, an dem er sie zuerst getroffen hatte. Viele der Tische hier draußen waren besetzt, der Sonnenschein zog Publikum an. Es blitzen Bilder vom vergangenen Abend in ihm auf, sobald er sie betrachtete. Er hatte Mühe nicht erregt zu werden.

Als er saß, redete er direkt, um nicht den Gedanken zu verfallen: »Rachiel, Du stellst die Briefe zu, nicht wahr?«

Sie sah ihn mit dunkel umrandeten Augen nichts sagend an, ihre mythische Anmut fesselte ihn erneut.

»Engel bedeutete im ursprünglichen Sinne Bote, Rachiel. Es ist der richtige Name, den ich für Dich auswählte, nicht?«

Es erfolgte keine Antwort. Das geschwungene G in seinem Namen auf dem letzten Umschlag, dass er mehrfach deutlich in den Namen ihres Notizbuches gesehen hatte,

hatte es ihm beweisen. Letztlich hatte er nicht mit einer Antwort gerechnet und stellte eine weitere Frage: »Vorgestern, war das Jennifer?«

Sie winkte mit der Hand energisch, es galt nicht ihm, aus den Augenwinkeln sah er die Kellnerin, in einem weißen Top und schwarzen Rock, eine kleine weiße Schürze davor gebunden, die sich davor drückte zu ihnen zu kommen. Rachiel antwortete Richard auch diesmal nicht, als die Bedienung an den Tisch trat.

»Ja bitte«, stammelte diese.

Rachiel meinte samtweich: »Ich hätte gern eine gefüllte Venusmuschel als Vorspeise und danach einen Hotdog. Und er ein Sandwich.«

Richard schaltete nicht gleich, ebenso wie die Bedienung, die rasch wieder in das Lokal gehen wollte. Aber Rachiel wies sie darauf hin, wieder mit einer besonders freundlichen Stimme: »Dazu muss Du nicht weggehen, Süße. Setz Dich doch.«

Wie in Trance setzte sich die Bedienung zu ihnen an den Tisch. Rachiel griff in ihren schwarzen Militärrucksack neben ihrem Stuhl und zog eine Kette heraus, die aus einem festen Band und großen leise klirrenden silbernen Kugeln bestand und legte sie deutlich sichtbar auf den Tisch: »Hier, füll die Venusmuschel, Hübsche.«

Erstarrt wich die blonde junge Frau allen Blicken am Tisch aus. Richard wagte nicht sich umzuschauen, sicherlich bekam man an den anderen Tischen mit, was hier passierte. Als nichts passierte, wurde der schwarze Engel ungeduldig: »Schieb sie rein! Du kennst das doch, Kleines.«

Eine zarte Hand schob sich über den Tisch und ergriff die klimpernden Kugeln. Langsam nahm sie die Kette, und die helle Hand mit ihren manikürten Nägeln führte sie zum Rock, den die andere Hand ein wenig anhob. Unbewusst hielt Richard den Atem an, als sie sich zwar nicht direkt sichtbar, aber in der Phantasie mehr als deutlich, die Kugeln nacheinander in ihre Vagina einführte. Sie zuckte ein wenig, wenn dabei das kalte Metall ihre Schamlippen berührte. Aber Richard sah die Augen der blonden Pracht glitzern. Rachiel schaute von ihr weg und wandte sich wieder Richard zu, als wäre keine weitere Person an ihrem Tisch: »Ja, es war Jennifer. Sie hatte reichlich Spaß unter Dir. War sehr überrascht, als ich ihr die Augenbinde abnahm, und sie sah, wer ihr die Wonnen gemeinsam mit mir brachte. Hat sie glatt noch höher getrieben.«

Rachiel warf mit einer wiegenden Handbewegung zwei Photos auf den Tisch. Jennifer, Rachiel, Richard. Er hatte bereits gewusst, was in dieser Nacht geschehen war, aber die Photos versetzten ihm einen Schlag. Mit einem leichten Stöhnen starrte ihre stille Zuhörerin auf die Bilder.

»Die sind für Dich, keine weiteren Abzüge. Du musstest mit Jennifer abschließen, auf ihre Art. Jetzt ist das Thema erledigt und keinen weiteren Gedanken wert. Sie wird Dich nie vergessen, aber Dir ist sie schon unwichtig.«

Das konnte er nicht bestreiten: »Du hast für mich die Rache an ihr geplant?«

Rachiels Blick war eine emotionslose Maske, undeutbar was sie wirklich dachte: »Nein. Rache war das nicht. Es war eine psychologische Befreiung. Besser als ihr Gewalt an zu tun, weil Du lange Zeit Hass und Wut empfindest. Rache ist zu früh. Ich denke, dass Rache niemals notwendig sein wird, da Du jetzt befreit bist, Richard. Falls doch, Rache benötigt Zeit um Genuss zu bringen. Spürst Du in Jahren Gelüste nach Rache, lerne ihre Tochter kennen, fick diese und geh zu einem überraschenden Familienessen. Das ist Rache. Wenn es ein Sohn ist, wird es noch lustiger.«

Schweigend steckte er die Photos ein, während Rachiel zu der anderen Frau am Tisch sprach:»Und Du verabschiedest Dich jetzt und folgst uns. Ich habe die Reitgerte dabei, wir werden viel Spaß haben.«

Die Blondine erhob sich bedächtig und irrte ins Lokal, Richard meinte klingende Geräusche aus ihrem Schritt zu vernehmen.

42.

Gegen Abend hatte sich Richard lange geduscht und auf jedes Getränk verzichtet, er kasteite sich absichtlich wegen des geplanten Abendessens. Er traf Sonja an einer U-Bahnstation südlich der Innenstadt und begrüßte sie freundlich. Sie lächelte ihn an. Ihre eng anliegende Jeans sowie die Sneakers gaben ihr ein sportliches Aussehen, das Top hatte einen tiefen Ausschnitt, und sie hatte eine Jacke über die Schultern geworfen. Richard trug bereits einen dünnen schwarzen Kapuzenjumper, er empfand die kühle Sommerluft bereits als kalt.

»So, schnell etwas essen, und dann gebe ich Dir die Berechnungen«, meinte sie ungeduldig, und er begegnete prompt unschuldig:»Ich dachte wir unterhalten uns ein wenig.«

Sie grinste und schüttelte den Kopf:»Du tappst schnell in Fallen.«

Er lächelte verlegen. Sie winkte ab und fragte: »Wohin werde ich entführt?«

»Ist nicht weit von hier, ein paar Meter laufen.«

Er deutete in eine Richtung, und sie machten sich auf den Weg.

»Bist Du immer gut gelaunt und zum Scherzen aufgelegt?«, fragte er sie zwinkernd.

»Nein«, meinte sie ehrlich, »ich habe oft schlechte Tage, wenn ich im Stress bin. Da kann ich sehr gemein sein. Aber ich habe bislang niemanden umgebracht.«

Letzteres fühlte sich wie ein Tiefschlag an, aber sie verzog keine Miene.

»Und Du?«

Richard atmete einmal still ein und aus und griente sie offen an: »Mir geht es nie schlecht, und ich sage immer die Wahrheit.«

»Wenigstens ehrlich«, zwinkerte sie zurück.

Er hielt ihr die Tür der Gaststätte auf, ein harmonisch eingerichtetes indonesisches Restaurant. Er hatte einen Tisch reserviert, und ein freundlicher Kellner führte sie hin. Höflich fragte er sie nach ihren Getränkewünschen und reichte ihnen die Karte, Richard wählte einen Wein für sich, während Sonja unentschlossen überlegen musste, bis sie sich ihm anschloss. Die Umgebung roch auf angenehme Weise unbekannt und fremd.

Für ein paar Minuten studierten sie die Karten um ihre Auswahl zu treffen. Der Kellner wartete galant, bis sie die Karten beiseite legten und nahm ihre Bestellung auf. Zwischenzeitlich hatte er die Getränke gebracht.

»Wie bist Du, wenn Du nicht in Deinem Büro sitzt?«, fragte Richard seine Begleitung.

»Nett.«

Er musste lachen, und sie schloss sich an.

»Ich lese gern, entspanne zu Hause vor meinem Aquarium, schwimme jeden zweiten Abend, nachdem ich der Uni den Rücken zukehre. Und ich arbeite an meiner Dissertation. Dafür gehen viele Wochenenden drauf. Ich komme aber oft dazu mit Freundinnen auszugehen, die Zeit schiebe ich immer frei. Und wer ist Richard?«

Er lächelte: »Ich studiere, weil es mich interessiert, besuche die Vorlesungen, die mir vom Thema zusagen, sonst keine. Ich arbeite für meinen Lebensunterhalt, was bedeutet ich falle niemandem zur Last und komme gut klar. Seit vergangenem Winter Snowboarde ich gerne«, er grinste, »ich stellte mich so lange immer wieder aufs Brett, bis ich stehen konnte, dann ging es ans Fahren. Zum Ausgleich skate ich gern bei schönem Wetter.«

Er fügte hinzu: »Zum Schwimmen muss man mich überreden.«

Sie fragte interessiert, was er unter arbeiten verstand, und er erzählte ein wenig von den Aktiengeschäften und dem Verkauf von Internetdomains, ging jedoch nicht darauf ein, dass es ihm finanziell sehr gut ging. Sie erzählte ihm von ihrem letzten Urlaub mit einer Freundin, einer Mountainbike-Tour durch Schottland. Es war sehr anstrengend gewesen, aber sie hatte es nicht bereut.

Sie stockten im Gespräch, da der Kellner ihnen ihre gewünschten Gerichte brachte. Frisch zubereitete Zutaten dampfen in einem Tontopf vor Sonja, Richard hatte einen indonesischen Salat ausgesucht.

»Jeder Mensch hat seine Sucht«, meinte sie schelmisch grinsend zu Richard, »welche hast Du?«

Er hatte unglaubliche Angst ihr seine Schwäche zu zeigen, doch er wusste, dass er nicht mehr lange Stärke zu schauspielern vermochte. Dennoch hielt er sich daran fest. Er feixte zurück: »Ich bin notorischer Nichtraucher, giere darauf immer das letzte Wort zu haben, habe chronisch recht. Und ich bin sexsüchtig.«

»Klingt nach einem angenehmen Charakter«, bemerkte sie mit einem Zwinkern. Plötzlich nahm sie seinen Salatteller ferner ihre exotische Speise und tauschte die Teller. Er blickte verwirrt und mit ein wenig Entsetzen auf die Vielfalt an Lebensmitteln vor ihm.

»Was tust Du?«

»Tja«, schmunzelte sie, »man kann jemanden erst richtig kennen lernen, wenn man weiß, was er isst. Also ist es nahe liegend zu tauschen. Oder magst Du mich nicht kennen lernen?«

Sie plauderten weiterhin angenehm miteinander, sie war aufgeschlossen und humorvoll. Ab und an warf sie ihm einen netten Blick zu, und er spürte die Auswirkungen deutlich. Aber er erwiderte ebenso charmant mit seinen Augen.

Nach dem Essen genossen sie ein paar Cocktails in einer kleinen Szene-Bar in der Nähe und schließlich trennten sich ihre Wege an der U-Bahn Station.

»Beim nächsten Mal kommt einer von uns nach dem Abend zum anderen mit auf einen Kaffee«, meinte sie mit vom Alkohol leicht geröteten Wangen und poussierte Richard dabei. Der trat wieder näher an sie heran, nahm sie bei den Händen und zwinkerte ihr zu. Dann wandte er sich zum Gehen, seine Augen strahlten zufrieden, ein spitzbübisches freundliches Grinsen auf den Lippen.

»Hey, vergiss nicht, wofür wir hierher gekommen sind«, rief sie ihm verschmitzt zu und reichte ihm einige Unterlagen.

43.

Rachiel fing Richard zu Hause ab. Sie lehnte an der Glasfront eines Ladens seinem Hauseingang gegenüber, einem Schaufenster, hinter dem massenweise Wasserpfeifen in unzähligen Formen präsentiert wurden, natürlich nur zum Verkauf als Dekorationsmittel. Richard sah sie noch bevor er seine Tür aufzuschließen gedachte und ging hinüber. Sie zwinkerte ihm zu: »Na, netten Abend gehabt?«

Er nickte und schaute sie an, war sich unsicher, warum sie hier war.

»Vielleicht können wir das steigern. Komm mit.«

Sie schritt davon, und ohne groß nachzudenken trottete Richard neben ihr her. Er fragte gar nicht erst, was ihr Ziel war, sie würde es ohnehin nicht beantworten.

»Du hättest anrufen können.«

»Ich habe geklingelt.«

»Ich war nicht da.«

»Habe ich gemerkt, darum wartete ich.«

»Aber wenn Du angerufen …«

»Habe ich aber nicht.«

Er folgte ihr schweigend.

Sie führte ihn in der Innenstadt bei einer Gasse nahe der Fußgängerzone in einen unscheinbar wirkenden Eingang, den zwei Türsteher bewachten, eine Treppe verlief in die

Kelleretage. Sie betraten einen Club, laute düstere Musik untermalte die Atmosphäre. Rachiel nickte dem Kassierer zu, der sie hineinließ. Es gab eine Tanzfläche, auf der junge Menschen im wiegenden Takt hauptsächlich schwarz gekleidet tanzten, zwei Bartresen, wenige Stehtische um die Tanzfläche herum. Einige Leute sahen zu Rachiel hinüber, aber sie reagierte nicht und grüßte keinen. Richard stellte sich an ihre Seite, als sie an einer freien Ecke eines Tisches verhaarte. Er sah zu den schwingenden Personen, Schritt vor, zurück, vor, zurück. Goths wie manche sie bezeichnen würden. Dem Tod verfallen. Selbstinszenierung als Merkmal. Aber man musste differenzieren, denn die Individualität ist nicht abgeschafft, wie ein oberflächlicher Beobachter leicht denken kann. Gothic ist der falsche Oberbegriff, denn die Gothic-Richtung ist lediglich eine Subkultur innerhalb der Schwarzen Szene. Es gibt Metal, Medieval, Dark Wave und viele weitere dieser Subkulturen. Den Begriff Schwarze Szene prägen ähnliche Interessen bezüglich Musik, Mode und künstlerischen Vorlieben. Ursprünglich aus der Dark Wave Bewegung erwachsen, nannte man Anhänger auch Waver, passend zu ihren Tanzbewegungen, ein veralteter Begriff. Es gibt auch Überlagerungen mit der BDSM- und Fetischszene, allerdings sollte man Kleidungsstil und sexuelle Vorlieben nicht vermischen und vorschnell urteilen.

Hauptsächlich politisch nicht aktiv, gibt es aber auch Ströme beider Richtungen in der Szenenkultur, zum Beispiel scheint es rechte Projekte in der Neofolk- oder Military-Pop-Bewegung zu geben. Richard mochte den spanischen Begriff für diese Gesellschaftsschicht, *cultura obscura*, auf den er bei Recherchen für ein Projekt gestoßen war. Auch in dieser

Menschenmenge hier fanden sich unterschiedliche Stilrichtungen. Manche waren im eleganten Duktus des Barocks gekleidet, Rüschen und samtige Säume, andere in abgewracktem Leder, andere in glänzendem Lack, wieder andere in schwarzem Shirt – teils nach Schweiß riechend – und dito schwarzer Jeans. Menschen sind immer individuell, selbst in Uniform, man musste nur lang genug hinsehen, damit es auffiel. Richard fühlte sich in seiner Garderobe extrem unpassend. Aber er spürte keine missbilligenden Blicke auf sich.

Und Richard sah sehr genau hin. Er betrachtete gern Menschen, nicht wie ein Voyeur, mehr wie ein interessierter Forscher, der möglichst viel über unzählige Charaktere lernen will, damit er sie für seine Geschichten nutzen konnte. Nicht einen vollständigen Charakter, aber Züge dessen und Portionen des Erscheinungsbildes. Sein Blick schweifte über die Tanzfläche, als eine Frau, die für die Umgebung ungewöhnlich alt schien, sich aus der tanzenden Woge löste und geradewegs auf den Tisch zukam. Ihr Gang war anmutig und geschmeidig. Er schätzte sie auf knapp über 40 Jahre, dennoch wirkte sie auf den deutlich jüngeren attraktiv. Sie war schlank, war ein wenig kleiner als Richard, und hatte zwei fingerlange blonde Haare. Vielleicht war letzteres gefärbt, in dem Licht war dies schwer auszumachen. Gekleidet war sie in einem weißen Pullover, der den Hals verdeckte und einer eng anliegenden dazu die Figur betonenden Stoffhose. Natürlich in schwarz. Sie hatte sich zuvor mit einer der Frauen in Barockart eng beieinander bewegt. Jetzt begrüßte sie Rachiel mit einer Umarmung. Rachiels Blick blieb kühl, aber nicht abweisend. Richard bemerkte, dass Rachiel mit einem Kopfnicken zu ihm deutete und etwas dabei sagte, aber bei der Lautstärke konnte er nichts vernehmen. Die Frau sah ihn mit grünen einnehmenden Augen an, genauer gesagt war es eine Musterung. Sie sprach ihn nicht an. Letztlich beugte sich Rachiel hinüber an sein Ohr und meinte lapidar: »Eine Freundin von mir.«

Trotz der bagatellisierenden Bemerkung glaubte Richard, dass sie gerade wegen der Frau hier waren. Langsam fing er an, Rachiels Handlungsweisen zu erfassen, wenn auch nicht die Beweggründe. Er reagierte nicht auf ihre Worte und blickte wieder zur Tanzfläche. Wenn ein neues Spiel eröffnet wurde, benachrichtigte man ihn sicher, falls er am Zug war. Die Blonde schmiegte ihren Körper an Rachiel, und die zwei gaben sich einen lüsternen begierigen Zungenkuss.

Andererseits, auch er konnte ein Spiel eröffnen. Richard trat nah an die Frau, führte seinen Mund an ihr Ohr und sprach gerade so laut, dass Rachiel ihn nicht verstehen konnte. Die wenigen Worte reichten, dass die Frau Rachiel losließ und ihn perplex anstarrte. Er wandte sich ab und wandelte zur Tanzfläche. Vor, zurück, vor und zurück. Sich rhythmisch gut aussehend zu bewegen war auch dabei schwieriger als es aussah, aber Richard lernte schnell. Jetzt war es sein Spiel, wie es dies schon immer gewesen war, seit Anbeginn. Die Regeln schrieb, wer den Stift hielt.

Nahezu eine halbe Stunde später trat Rachiel zu ihm, und trotz der dunklen harten Klänge liebkoste sie ihn, drängte sich dicht an ihn und wogte sich in den Wellen der Töne. Die Fremde stand weiterhin am Tisch und beobachtete die Liebelei. Richard umfasste Rachiel an der Taille und lächelte sie an, verlor sich in ihrem Blick.

Es war spät in der Nacht, als sie zu dritt den Nachtclub verließen. Keiner der drei hatte mehr ein Wort miteinander gesprochen, Richard hatte es nicht angestrebt, und die beiden Frauen nicht damit begonnen. Die Dame hackte sich rechts bei Rachiel ein, die mit Links mit Richard Händchen hielt, und sie steuerten automatisch durch die Gassen der Innenstadt. Richard konnte nicht sagen, wer die Richtung angab, und ob dies überhaupt geschah oder der Weg zufällig sie fand.

Plötzlich zog Rachiel beide in eine enge Nische, ein Hauseingang. Einige Meter entfernt befand sich eine Straßenlaterne, aber ihr Schein fiel nicht zu ihnen. Sie befanden sich im dunklen Schatten. Das war ihr Spiel, erkannte Richard.

Sowohl Rachiel als auch ihre blonder Flirt zogen ihre Mobiltelefone hervor und begannen zu wählen. Sie ließen es beide kurz klingeln um wieder aufzulegen und die Geräte zu verstauen. Die Dame hackte sich wieder bei Rachiel ein, die Richard einen Kuss auf die Wange gab. Zwei Personen kamen aus unterschiedlichen Richtungen in das Sichtfeld ihres Versteckes, eine hoch gewachsene Blondine im roten Abendkleid, und ein Mann, der sie trotz ihrer radikal hochhackigen Pumps überragte und einen dunklen Abendanzug trug. Sie schritten aufeinander zu, beäugten sich lediglich kurz, nickten sich gleichzeitig zu und traten rasch in den gegenüberliegenden Hauseingang, der im Gegensatz zum anderen schummrig von der Laterne erleuchtet wurde. Sie vergeudeten keine Zeit. Die Frau fasste dem Mann ohne Umschweife direkt in den Schritt und ließ ihre Finger heftig massieren, er riss ihr Kleid am Busenansatz auf, so dass ihre freien Brüste heraus glitten und zerrte das Gewand hoch. Ihre Beine wurden freigelegt, schwarze Netzstrümpfe die mit Strapsen befestigt waren. Unterdessen öffnete sie seinen Gurt, ließ die Hose sinken und rieb seinen Schwanz hart. Es hatte keine Minute gedauert, bis er sein Glied reinpresste, und die beiden sich im Stehen ritten. Sie gingen beide dabei dermaßen hart und unnachgiebig zu, als wenn sie dem anderen keine Gelegenheit zum Nachdenken oder pausieren geben wollten, als wäre ihre Geilheit dermaßen aufgestaut, dass keiner Sekunden unnötig aufgeben, sondern den Akt darin konzentriert haben wollte. Er prügelte sein Glied rhythmisch hinein, knetete an ihren Brüsten und erhöhte ihre Lust durch fordernde Zungenküsse. Sie stöhnte ihn an, beinah gespielt anmutend um ihn aufzupuschen und suchte mit der Hand seine Hoden zu berühren um sie zu reiben und zu drücken.

Richard spürte Rachiels Lippen an seiner Ohrmuschel: »Eine Nutte und ein Callboy. Sie denken der andere wäre ein frustierter Ehepartner, der ein Geschenk bekommt. Es ist vereinbart, dass sie zu ihrem Lohn tausend Euro bekommen, wenn sie den anderen vor sich selbst zum Orgasmus kriegen.«

Richard starrte auf die Szene des fickenden Paares. Beide mussten gedacht haben, dass es schnell verdientes Geld war. Für beide war es ein Job ohne Gefühle, abgehärtet durch das harte Geschäft. Mit dem gewonnenen Wissen sah er hinter die augenscheinliche Geilheit und erblickte zwei Menschen, die verzweifelt bemerkten, dass der andere nicht wie üblich reagierte. Zwei Menschen, die beide suchten jedes Gefühl zu unterdrücken und dabei alles zu tun, dem anderen jeden Willen durch Lust zu brechen. Sie vögelten über zwei Stunden in dem Hauseingang, die blonde Dame neben

Rachiel und er selbst wurden dabei geschickt von Rachiels Händen befriedigt, der es gelang, sie ohne Pause gierig zu halten. Er genoss es den beiden perplexen gegenüber zuzusehen, dabei die Wärme und Reibung der zärtlichen Finger zu vernehmen.

Als alles vorbei war – Richard wusste nicht einmal, wer gewonnen hatte, aber er war im richtigen Moment dank Rachiels Bemühungen selbst aufs äußerte erregt explodiert – verschwanden Callboy und -Girl. Rachiel lächelte Richard kühl an, und während sich ihre blonde Freundin wieder die Hose zuknöpfte, äußerte Rachiel zu ihm: »Wir sehen uns dann bald, Süßer. Wir zwei Hübschen hier«, sie deutete auf die Fremde, »haben noch etwas vor.«

44. MITTWOCH

Hi Richard,

bist Du Deinem Weg gefolgt? Meinem Weg? Vielleicht ist unsere Freundschaft ein Stück weiter zusammen gewachsen, das ist mein Wunsch. Ich denke, es ist wichtig und der richtige Zeitpunkt Dir zu erklären, warum mein Selbstmord erfolgte, beziehungsweise aus meiner Sicht erfolgt. Ich zitiere Dich und eine Deiner Geschichten, wenn ich schreibe, es gibt keinen Grund für Selbsttötung, sondern ausschließlich das Fehlen eines Grundes zum Weiterleben. Wie konnte ich damals beim Lesen Deiner Geschichte ihre Tragweite auf mein Leben erahnen. Alles worauf mein Leben beruht, was mir wichtig ist, was ich zum Leben brauche –

eine vermutlich jetzt gemeinsame Freundin würde sagen 'meine Sucht', ist verloren. Ich bin HIV positiv. Es muss in meinem Urlaub vor Monaten geschehen sein.

Das Humane Immundefizienz-Virus will mich unterminieren, sich einschleichen, mich jahrelang dazu verdammen andere Menschen zu Todgeweihten zu machen. Es wird sich in meine Zellen pflanzen, sie als Wirt missbrauchen um letztendlich – vielleicht in Jahren – zu AIDS zu führen. Die erste akute Infektion, die nach der Ansteckung erfolgt habe ich bereits hinter mir, es waren zu Beginn vier harmlose Wochen mit Fieber, Schmerzen in meinen Gelenken, Kopfschmerzen, Schweißausbrüche und weiteren Kleinigkeiten. Kaum zu glauben, man fühlt sich harmlos erkrankt, um dann zu erfahren, dass man im Durchschnitt nach acht Jahren einen schweren Immundefekt erleiden wird. Und dann vielleicht AIDS. Ich fühle mich von meinem Körper verraten, dem Feind ausgeliefert. Der Test ist noch nicht lange her, genauer gesagt, die Tests. ELISA und Western-Blot, die Standardtests. Beide beweisen zwar nicht den Virus, aber decken von meinem Körper produzierte Antikörper auf, die auf HIV hinweisen. PCR ist die sicherste Art des Tests, es weist die Existenz des Virus direkt nach. Dieser Test ist auch der teuerste. Beim Blutspenden werden daher zig Spenderproben gemeinsam getestet, und nur bei positivem Bescheid weiter geprüft, welcher der Spender der Verursacher ist. Für diesen Test habe ich Dich um das Geld gebeten, ich wollte Gewissheit. Jetzt habe ich sie. Und ich habe Angst. Doch ich weiß, dass ein Leben wie es vor mir liegt, sich nicht mit mir selbst vereinbaren lässt. AIDS, das »erworbene Immundefektsyndrom«, eine Pandemie, eine lokal nicht begrenzte ausbreitende Krankheit. Eigentlich ist es nur ein Sammelsurium von Symptomen, die HIV verursacht und mein Immunsystem systematisch vernichten. Vor der Verbreitung habe ich am meisten Angst. Ich bin dankbar nach der Rückkehr schnell den ersten Test zur Vorsicht gemacht zu haben, bei einem unbekannten Arzt, und somit glücklicherweise niemanden angesteckt zu haben, der mit mir meine Lust teilt.

Mein Leben, wie Du es mittlerweile kennen gelernt hast, kann ich nie wieder führen, nicht mit dem Wissen, dass ich statt gewolltem Schmerz und Lust den Tod bringe. Auch muss ich davon ausgehen irgendwann jämmerlich zu sterben, wenn ich nicht an Wunderheilung glaube. Jetzt fehlt mir mein Grund zum Weiterleben, Richard. Jetzt zeigt die Flasche der Geschichte auf mich. Ich erspare mir viel Leid und ein Leben voller Verzicht und versuche mit meinem Tod Dir zu geben, was ich Dir als lebender Freund hätte schenken sollen. Ich weiß, Du hättest eine andere Entscheidung getroffen, Dein Leben angepasst und gekämpft. Aber dies ist meine Entscheidung. Du warst immer viel stärker als ich, Richard.

Heute ist ein guter Tag für eine Vorlesung. Besonders schön sind doch immer die im Audimax. Oder sollte ich mich irren?

Behalte mich in Deiner Erinnerung,
Tom

45.

Richard Krüger hatte die Wohnung vor zwei Stunden verlassen. Die beiden Polizisten führten das Spurensicherungsteam erneut in die ehemalige Wohngemeinschaft in der Brückstrasse. Henricksen hielt seinen Plastikbecher mit Kaffee siegessicher in der Hand, er würde sich heute die Zeit nehmen, dem Team gehörig Dampf zu machen. Der Leiter der Spurensicherung war ein wenig ungehalten, da Henricksen ihnen mit diesem erneuten Einsatz indirekt unterstellte, dass sie ihrer Arbeit bislang nicht perfekt nachgegangen waren. Aber er schluckte den Groll darüber hinunter und verschüttete ihn unter Professionalität. Henricksen ging durch jeden Raum, er würde selbst nicht suchen, aber er hatte beschlossen diesmal dabei zu bleiben. Er stellte sich auf Langeweile ein, als er einen Stapel DIN-A4 Blätter auf dem Wohnzimmertisch bemerkte, der ihn anzulächeln schien.

46.

Richard betrat das Audimax, das Auditorium Maximum für die größte Zuhörerschaft im Gebäudekomplex, zu dem auch der Mathetower gehörte. Das Audimax in Dortmund hatte ungefähr 750 Sitzplätze, aber Richard hatte bereits Vorlesungen erlebt, in denen sich hier fast die doppelte Zahl an Studenten aufgehalten hatte, auf den Treppen und allen freien Stellen sitzend und stehend. Heute waren mindestens

400 Plätze besetzt, und es kamen noch Zuhörer. Richard ging durch die Menge an bekannten Gesichtern, manche schauten ihn seltsam an, nahm sich einen freien Platz ziemlich in der Mitte einige Meter von der Treppe entfernt. Die Sitze direkt neben ihm blieben frei. Die Vorlesung begann, er hörte nicht einmal hin, verschränkte die Arme auf der knappen Tischlehne, legte den Kopf darauf und gab sich Tagträumen hin. Er spürte, dass der letzte Akt in diesem Stück sich näherte. In seinem Traum sah er ein Bild, die Lösung eines Rätsels. Es war Mechanik, Formeln auf Papier, Gleichungen von einigen Parabeln und Kräften, der Energieerhaltungssatz. Alles miteinander verwoben. Und auf einem alten Pergament wie eine Zeichnung Da Vincis eine technische Skizze, eine kleine wirkungsvolle Maschinerie. Alles ergab einen Sinn. Sprunghaft eingetretene Stille schreckte ihn auf. Er hob den Kopf, als er eine bekannte Stimme von rechts vernahm und bemerkte, dass in der Hörsaal geeint anstarrte.

»Richard Krüger, bitte folgen Sie uns.«

Richard blieb ruhig, kippte seinen Kopf von rechts nach links und zurück um die Anspannung seiner Schultern zu lindern und wandte sich danach dem Polizeibeamten zu.

Henricksen stand neben seiner Reihe auf der Treppe, mit drei weiteren Personen, zwei Männern und einer Frau. Die Frau und ein Mann waren uniformiert, die schlecht sitzende und farblich sehr umstrittene Uniform der deutschen Polizei, die bald gegen eine neue ausgetauscht werden würde. Die schwarze Kleidung war bereits in einigen anderen Bundesländern im Einsatz. Richard grinste schief und spielte das Spiel mit, längst hatte er sich seit Toms Briefen dazu entschieden: »Warum bitte?«

Henricksen schaute grimmig, er mochte die Menschenansammlung nicht. Aber obwohl Brenninger vorgeschlagen hatte zu warten, wollte Henricksen nicht auf das Ende der Vorlesung lauern, er war sich sicher gewesen, dass Richard Krüger die vielen Beobachter unangenehm waren und wollte dies zu einem psychologischen Vorteil nutzen. Richard machte aber nicht den Eindruck, als wenn ihn die Situation stören würde. Henricksen entschloss sich das Pokerspiel fortzuführen.

»Ich verhafte Sie wegen Mordes an Tom Baumgartner. Bitte treten Sie zu uns!«

Die Frau und ihr uniformierte Kollege hatten die Hand bei der Hüfte an den Schusswaffen, welche weiterhin im Halfter steckten. Richard holte tief Luft und ging langsam durch die Reihe, die bereits leer war. Anscheinend waren die anderen Studenten schon entfernt worden, als er im Traum gefangen war. Brenningers Stimme begleitete ihn: »Auf dem Weg zum Präsidium werden wir Sie über Ihre Rechte informieren.«

Richard war sich sicher, dass es lediglich Minuten dauern würde, bis die gesamte Universität seinen Namen kannte, und auch die Presse würde sicherlich dermaßen schnell Kenntnis von dieser Verhaftung erlangen, dass sie bereits vor dem Präsidium warten würden. Freundlich lächelnd trat er auf Henricksen zu und streckte ihm seine Hände für den letzten Akt entgegen. Der erfahrene Ermittler überließ es der Uniformierten ihm Handschellen anzulegen und unter zahllosen Blicken fort zu führen.

47.

»Reden Sie besser, Krüger. Ein Geständnis kann sich als einziges mildernd auswirken«, von Henricksens Freundlichkeit war nichts übrig.

»Was genau soll ich denn gestehen?«, fragte Richard gelassen zurück und gab sich besondere Mühe in das Mikrophon zu sprechen, welches das Verhör aufzeichnete. Brenninger und ein unbekannter Polizist wohnten der Befragung bei. Richard hatte bislang auf einen Anwalt verzichtet und dies auch geäußert.

»Wir wissen, dass Sie ihren Mitbewohner Tom Baumgartner ermordet haben«, führte Henricksen das Verhör mit Richard in die gewünschte Richtung.

»Wissen ist ein Begriff, der bestimmte Voraussetzungen erfordert. Als Mathematiker würde ich von einem zu führenden Beweis sprechen. Haben Sie einen?«, lächelte Richard.

Henricksen ignorierte seine Kaffeetasse schon seit Minuten und richtete seine gesamte Aufmerksamkeit auf Richard: »Wir wissen, dass die Tatwaffe von Ihnen stammt, Richard. Leugnen ist zwecklos. Es ist die Waffe, die Sie in Ihrer Wehrdienstzeit gestohlen haben.«

Das Schweigen von Richard wirkte wie ertappt.

»Geben Sie es zu, Richard. Sie haben damals die Waffe gestohlen.«

Richard legte den Kopf schief: »Was für eine Waffe soll es denn gewesen sein?«

Henricksen schritt vor dem kargen Schreibtisch des Befragungsraumes auf und ab: »Sie wissen besser als jeder andere, welche Waffe das ist. Sie haben sie die ganze Zeit besessen.«

»Ah ja? Und wie kommen Sie darauf?«, Richard hatte ein süffisantes Lächeln aufgelegt und ließ den Blick nicht von Henricksens Person abschweifen.

Henricksen blieb stehen und sah Richard energisch an: »Wir sind hier nicht in einem Kinofilm, und Sie keine attraktive Blondine. Versuchen Sie nicht mit uns zu spielen. Sie haben die Waffe gestohlen, die ganze Zeit behalten, bis Sie plötzlich den Mord an Tom Baumgartner planten. Sie kam ihnen mehr als gelegen. Damals mag der Diebstahl belanglose Gründe gehabt haben, aber Sie machten die Pistole jetzt zur Mordwaffe.«

Richard nickte langsam, Henricksen starrte lüstern. Zu oft hatte Richard solche Blicke in letzter Zeit gesehen: »Eine Pistole. Hm, ich erinnere mich. Damals wurde eine Pistole gestohlen. Die Feldjäger haben nie rausbekommen, wer es gewesen ist.«

»Sie waren es!«

»Ach Quatsch, was sollte ich denn mit einer Pistole?«

»Wir haben Sie auch beobachtet, als Sie sich mit dem Mädchen getroffen haben und es nach Hause verfolgten. In welcher Wohnung hat sie sich aufgehalten? Wer ist dieses Mädchen?«

Richard lachte müde: »Nicht einmal herausgefunden, in welche Wohnung ich gegangen bin. Und das nennen Sie Ermittlungen. Außerdem geht es Sie nichts an, wie die Dame heißt, in den Fall ist sie nicht involviert.«

»Herr Krüger, wir wissen, dass Sie den Verkäufer in dem Dönerladen bestochen haben. Er soll schweigen und uns keine Informationen geben.«

Richard überlegte kurz: »Mit ihrem angeblichen Wissen meinen Sie, dass Sie gesehen haben, wie ich ihm Geld gab, nicht wahr?«

Henricksen winkte mit einer Hand ab, als wären dies Spitzfindigkeiten, die die Tatsachen nicht änderten.

»Es war Spielgeld. Papierscheine aus einem Brettspiel. Von Tom, für Yasins ersten Sohn, er spielt häufig mit ihm, und ihnen sind viele Scheine verloren gegangen. Tom wollte es ihm ohnehin geben, so tat ich es. Sie können ihn gern fragen was ich ihm gegeben habe, er wird das nur zu gern bestätigen. Und sicher bemerken Sie die fehlenden Scheine, wenn Sie unsere angesammelte Brettspielsammlung gewissenhaft prüfen.«, grinste Richard, »Was denken Sie denn, was ich alles getan habe?«, fragte Richard melancholisch den Kopf schüttelnd.

»Vor allem haben Sie Tom Baumgartner ermordet«, stieß Henricksen heraus.

»Und warum hätte ich Tom ermorden sollen?«, fragte Richard ruhig.

»Wir wissen von ihrer gescheiterten Beziehung zu Jennifer Pohlmann. Wir wissen von ihr und Tom.«

»Und?«

»Darum ermordeten Sie Tom.«

»Und warum nicht Jennifer?«, fragte Richard unschuldig lächelnd.

Henricksen manövrierte sich aus der Sackgasse heraus: »Es gibt Kugeln und Hülsen von der gestohlenen Waffe. Sie werden gerade mit den Spuren der Tatwaffe verglichen. Sobald die Untersuchung beendet ist, schließt sich der Kreis um Sie. Ich gebe Ihnen einen gut gemeinten Rat: Sie sollten vorher gestehen.«

Richard zuckte ein wenig, schaute auf seine Hände und rieb seine Finger aneinander. Henricksen wartete die Pause ab, bis Richard antwortete: »Eine P8 war das damals, glaube ich.«

Wieder entstand eine Phase der Stille, aber Richard machte keine Anstalten weiter zu reden.

»Ja, es war eine P8. Und Sie haben sie gestohlen.«

»Das behaupten Sie.«

Henricksen ließ sich nicht unterbrechen: »Und es handelt sich bei der Waffe um die Tatwaffe.«

»Was Sie erst einmal beweisen und nicht behaupten sollten«, blieb Richard stur.

Henricksen schluckte, lief einmal den Tisch ab, nahm seine Kaffeetasse und trank langsam einen großen Schluck. Er setzte die Tasse wieder ab und wischte sich über den Mund, um den großen Schlag anzusetzen: »Herr Krüger, wir haben Ihr Manuskript.«

Nach einer peinlichen Stille lachte Richard trocken. Darauf lief alles hinaus, jetzt schloss sich der Kreis im Gegensatz zu Henricksens Meinung.

»So, mein Manuskript«, erwiderte er ein wenig nervös. Sein Mund war trocken, seine Stimme klang auf Anhieb belegt.

»Ja«

Brenninger warf von hinten einen Stapel Papier auf den Tisch. Deutlich konnte Richard die große Schrift auf dem Titelblatt erkennen:

LIEBESPAKT

Auch sein Name stand dort.

»Streiten Sie ab, es geschrieben zu haben? Darin sind handschriftliche Notizen, ich denke es lässt sich leicht feststellen, dass die von Ihnen sind.«

»Das ist von mir.«

»Es ist Ihr Buch?«, hakte Henricksen nach.

»Genauer gesagt mein Roman, noch genauer mein Manuskript«, feixte der Student und Schriftsteller.

»Und worum geht es?«

»Haben Sie es etwa noch nicht gelesen?«, reizte Richard den Kommissar.

»Es geht um einen Mord, Herr Krüger.«

Richard erwiderte: »Ich suche es schon seit einiger Zeit.«

Henricksen nickte: »Wir erlangten es heute früh. Sehr interessanter Stoff.«

Richard bemerkte: »Da habe ich wohl einen Fan«, aber im Gegensatz zu dem was Henricksen daraufhin glaubte, spielte Richard nicht auf den Ermittler an, »schön dass Sie es interessant finden.«

»Sie beschreiben dort sehr detailliert den Mord an einem jungen Mann, verübt durch seinen Mitbewohner.«

»Ja, Thriller basieren oft auf einem Mord«, fügte Richard dem Satz des Kriminalisten hinzu,

»Ein junger Mann, der den Täter mit dessen Freundin betrogen hat«, betonte Henricksen.

»Die Liebe und die betrogene Liebe gibt bereits seit Jahrhunderten Anlass für Geschichten«, konterte Richard.

»Diese ist aber tatsächlich geschehen«, feilschte der Ermittler um den Kern der Sache.

»Haben Sie die Präambel über fiktiv und Ähnlichkeiten mit realen Personen nicht gelesen?«, forderte Richard Henricksen heraus, der passend reagiert: »Was hätte ein solcher Absatz für einen Sinn, wenn es nicht reale Personen gibt, die die Geschichte belangt? Der Absatz wäre unnötig, da niemand Anstoß nehmen würde.«

Richard erwiderte forsch: »Dann ist die Bibel im Umkehrschluss fiktiv, da sie eine solche Präambel nicht beinhaltet?«

»Die Beschreibungen treffen bis ins Detail ihre Wohnung, ihr Leben und das ihres realen Mitbewohners«, kam Henricksen zum eigentlichen Thema zurück.

»Von was lässt sich besser abstrahieren, als von der Wirklichkeit?«

»Um einen Mord zu planen, den man danach umsetzt?«, fragte Henricksen provokant. Richard grinste spöttisch zurück: »Leider erinnere ich mich nicht mehr an Einzelheiten. Wo ließ der Täter in dem Roman die Tatwaffe?«

Für einen Augenblick blickte Henricksen entwaffnet: »Er warf sie in einen Briefkasten, als Paket, adressiert an ein ihm gehörendes Postfach.«

»Sie haben das sicherlich geprüft.«

»Ja, es existiert kein Postfach auf ihren Namen. Aber ...«

Richard unterbrach den Redefluss des älteren Herren: »Aber somit weicht die Geschichte wohl von der Wirklichkeit ab?«

»In einem Detail«, rief Henricksen erbost.

»Vielleicht auch in vielen«, fragte Richard ohne eine Antwort zu erwarten.

»Es ist eine P8, und der Täter stahl sie während des Wehrdienstes.«

»Tja, kleine Facetten der Wirklichkeit bilden die Spielwiese der Autoren.«

»Krüger, bald liegen die Beweise vor, und man wird Sie ohne Geständnis nicht schonen«, leistete Henricksen Überzeugungsarbeit.

»Man sollte Mörder generell nicht schonen. Außerdem zählt ihrer Meinung nach doch mein Manuskript bereits als Geständnis. Dabei kann niemand sagen auf wie viel Wahrheit meine Geschichten basieren, niemand außer mir.«

Richard streckte die Hände nach dem Manuskript aus und blätterte gedankenverloren. Henricksen nahm einen weiteren Schluck Kaffee, er versuchte seine Erregung mit der Suchtbefriedigung abzukühlen.

»Wissen Sie eigentlich, dass es eine weitere Version dieses Manuskriptes gibt?«, fragte Richard und blickte Henricksen aufmerksam an. Dieses trank weiter, hörte aber gespannt zu.

»Geschichten muss man schreiben, wenn man Gefühle empfindet. Manchmal verunstalten Gefühle aber Geschichten. Sie können wirklich interessante Wendungen verhindern und man schreibt das Offensichtliche. So ist es in der Geschichte, welche Sie hier haben. Jemand wird von seinem Freund betrogen und ermordet diesen. Das will niemand lesen, zu trivial. Irgendwann legte sich mein Zorn, und ich bearbeitete das Manuskript, eine alternative Handlung. Beinahe identisch, aber sie hatte ein anderes Ende. Einen anderen Kern. Einen divergenten Handlungsverlauf.«

»Ah ja«, bemerkte diesmal Henricksen beiläufig, »und welcher wäre das?«

Richard antwortete nicht direkt, er schien in Erinnerungen zu schwelgen: »Ich habe der neuen Versionen einen anderen Namen gegeben. Es heißt *Liebesakt*. Nicht Pakt. Es geht um eine tiefe Freundschaft, die durch den Betrug gelitten hat. Aber der junge Mann namens Tom in der Geschichte bereut und begeht Selbstmord um seinem Freund zu helfen. Ein Liebesakt.«

»Wie soll ein Selbstmord helfen?«, fragte Brenninger von hinten und erntete einen bösen Blick von Henricksen.

»Details«, meinte Richard ohne sich umzudrehen und grinste Henricksen an, »Bloß Details. So wie es ein Detail ist, dass Tom das Studienfach gewechselt hat. Haben Sie jemals einen Gedanken daran verschwendet? Warum jemand der kleine Roboter bastelt zu den Sprachenwissenschaftlern geht?«

»Warum?«, fragte Henricksen ohne echtes Interesse.

»Nun«, lächelte Richard, »vielleicht lag es daran, dass für ihn trotz allem Spaß an der Robotik die Mathematik eine unüberwindbare Barriere darstellte. Vielleicht steckte auch mehr dahinter. Aber Sie kommen sicherlich noch darauf.«

Henricksen winkte ab: »Es war aber kein Selbstmord.«

»Wissen Sie, was den Kern eines perfekten Mordes ausmacht? Sicher wissen Sie das, ist schließlich Ihr Job.«

Der ergraute Beamte blieb ruhig, seine jahrelange Erfahrung im Verhör zwang ihn nicht aggressiv zu werden: »Klären Sie mich bitte auf, vielleicht kann ich noch etwas lernen.«

»Der perfekte Mord ist eine Tat, bei der niemand mehr weiß, was wirklich geschehen ist. Bei jedem Schritt hin zu Aufklärung des Falles muss man wieder an einem Gabelpunkt angelangen.«

Henricksen bemerkte, wie sein Partner sich erregt die Knie rieb. Richard grinste weiterhin: »Haben Sie davon gehört, dass Dinge die man liest einen verändern? Was denken Sie, wie es ist, wenn man Dinge schreibt? Und jetzt sollten Sie erst einmal weiterermitteln und Beweise sammeln. Und ich hoffe sehr, dass Sie daran denken, mich nur 24 Stunden festhalten zu können, ohne Beweise.«

Henricksen meinte erneut: »Es handelte sich aber nicht um einen Selbstmord.«

»Da stehen Sie ja kurz vor der Auflösung«, bemerkte Richard süffisant. Er lehnte sich in seinem Stuhl zurück und machte mit seiner Körperhaltung deutlich, dass er zu keiner weiteren Gesprächsfortführung bereit war. Das Tonband wurde schließlich gestoppt, und man ließ Richard vorübergehend allein mit seinen Gedanken.

48.

Henricksen hatte eine heiße Debatte mit Brenninger, der den Standpunkt vertrat, dass sie sich jetzt leicht verrennen konnten, wenn sie sich nicht zwangen objektiv zu bleiben. Die zwei standen in Henricksens Büro und gifteten sich an, als die Tür aufging, und ein Kollege ein Papier und einen Umschlag durch den Türspalt hielt. Angesichts der hitzigen Atmosphäre trat er nicht ein. Henricksen nahm den Stapel entgegen und warf einen fragenden Blick auf den Beamten.

»Der dicke Umschlag wurde unten für Dich abgegeben. Das andere hat die Spurensicherung gefaxt.«

Henricksen setzte sich, ebenso Brenninger, und beide beugten sich über das Papier der Spurensicherung. Sie starrten darauf, dann knüllte Henricksen das Fax zusammen und warf es in hohem Bogen in den Papierkorb.

»Dieses Arschloch.«

Brenninger erwiderte nichts und ließ seinem älteren Kollegen aufbrausen: »Ich habe keine Ahnung wie er das geschafft hat, dieser verdammte …«

Jetzt unterbrach Brenninger ihn: »Vielleicht ist er tatsächlich unschuldig.«

Missmutig blickte Henricksens umher: »Wir warten. In drei Stunden verhören wir ihn erneut. Wir nutzen den Tag aus, den wir ihn hier halten können.«

»Glaubst Du ohne Beweise bringt das etwas?«

Als er keine Antwort bekam, stand Klaus Brenninger auf und ging davon. Henricksen starrte wütend in die Lampe an der Decke, bis ihm Flecken erschienen. Er stand auf und wollte sich einen Kaffee holen, als er schnell nach dem Umschlag griff um zumindest zu sehen, was er erhalten hatte. Der Umschlag trug die Aufschrift »*von Tom*«. Henricksen stockte der Atem, und er riss den Umschlag auf. Er zog den darin befindlichen Stapel an Papier heraus und betrachtete ihn lange, besonders das erste Blatt.

LIEBESAKT

Das Manuskript endete ohne vernünftigen Abschluss, es musste noch fertig gestellt werden. Allerdings gab es weitere Zettel mit handschriftlichen Erläuterungen. Nach den Studien der Unterlagen nahm Henricksen wortlos all seine Notizzettel und schob diese in den Schredder oberhalb des Papierkorbes.

49.

Richard verließ das Präsidium durch einen Hintereingang, zu groß war der Aufmarsch der Presse. Henricksen würde sich um die Meute kümmern müssen. Draußen an der frischen Luft lief er weiter, zwei Straßenecken später ließ er sich auf einem Mauerrand nieder und atmete tief ein und aus. Niemals zuvor in seinem Leben hatte er sich dergleichen frei gefühlt. Nach der Entlastung durch die negative Bestimmung der Tatwaffe und der Sichtung von Toms Brief an die Ermittler hatte man ihn gehen lassen. Tränen liefen jetzt über seine Wangen, Tränen über den Verlust seines Freundes.

Richard spürte, wie sich dunkler Lackstoff an seine Jeanshose bettete, das zartfühlende Haar, welches seinen Nacken kitzelte, als der dunkle Engel seiner Träume sich zu ihm setzte. Die Freiheit seiner Seele hatte seine Emotionen für den Augenblick geleert, wie ein Schutzwall der von innen nach außen schien. Er war mehr Herr seines Selbst als je vorausgehend. Er war Herr über seine Umgebung, schien über allem zu stehen. Wer sich selbst beherrscht, vermag die Welt zu beherrschen, seine Gegenüber sind ihm Untertan und die Seelen werden ihm dienen. Denn alle Zweifel sind gebrochen, die Zwiespalte beendet und das Leben ist eins mit seinem Wirt. Denn das Leben wird uns geliehen, geschenkt für einen Zeitraum um irgendwann zurückgefordert zu werden. Und es gilt, dass man etwas Geschenktes zwar ablehnen aber nicht mehr selbst zurückgeben darf, wenn man es angenommen hat. Als Wirt, in dem der Parasit namens Leben Unterschlupf sucht, gelingt uns höchst selten, die Zügel zu ergreifen und zu führen. Aber wer sich beherrscht, sich als eins wahrnimmt und in sich abgeschlossen ist, der ist wahrhaft gesegnet.

»Weißt Du, warum Tom das Fachgebiet wechselte?«

Rachiel nickte ihm wissend zu, aber Richard achtete nicht auf sie und redete weiter: »Ihm war die Uni bedeutungslos geworden. Das alles war nicht sein Leben. Sein Leben war seine Leidenschaft, die er mit Dir teilte. Er wechselte das Studienfach, weil das Fach selbst irrelevant war. Er ging dorthin, weil mehr Mädchen zu finden waren.«

Rachiel strich durch Richards Haar und griff seine Hand. Er drückte sie zärtlich.

»Warst Du im Präsidium?«, wollte er wissen.

»Ich habe Dein alternatives Manuskript abgegeben.«

Richard nickte: »Du hast ihnen auch die erste Version zukommen lassen. Ich hatte sie schon vermisst, als ich nach dem ersten Gespräch mit der Polizei nach Hause kam. Da habe ich sie überall gesucht. Mir war bewusst, dass ich verhaftet werde, wenn die Polizei etwas davon liest.«

Rachiel antwortete nicht, sondern strich über seinen nackten Unterarm. Minuten später bemerkte sie: »Eine Polizisten steht darauf selbst in Handschellen gelegt zu werden. Ich wusste, wann sie die Wohnung erneut durchsuchen wollten und hinterlegte die erste Version. Weißt Du, warum das alles passierte?«

»Ja, damit ich verhaftet werde. Sein letzter Freundschaftsdienst. Ich denke, ich weiß jetzt vieles. Auch wer Deine Herrin ist. Du selbst bist Deine eigene Gebieterin. Mit Druckstellen an Deinen Handschuhen kannst Du Signale per Funkt geben, damit steuerst Du, welche aufgezeichneten Sätze abgespielt werden. Du hast stets selbst die Kontrolle.«

Er sah sich die Form der Pflastersteine an und war nachdenklich. Sie gab ihm alle Zeit, die er benötigte, ging aber nicht mehr auf sein Thema ein.

»Dein Roman ist sehr gut, Richard. Er ist gestorben, damit Du als Schriftsteller wiedergeboren wirst und ihn unsterblich machst. Jetzt kannst Du die Geschichte fertig schreiben. Das wirst Du doch, oder Richard?«

»Ja. Aber ich werde das Manuskript vorher überarbeiten, ein paar Änderungen einfließen lassen«, sinnierte er.

»Ich kann Dich gerne beim Cover unterstützen, ich zeichne gern und gut. Oder ich stehe auch gern Modell«, bot Rachiel an. Richard nickte abwesend und fragte: »Hast Du ihm geholfen?«

Sie küsste Richard auf den Mund, bevor sie ihm antwortete: »Geholfen habe ich, aber ich wusste nicht, was er sich antun wollte. Ich musste ihm einige Versprechen geben und habe mich daran gehalten. Hast Du ihm geholfen, Richard?«

Bedächtig nickte Richard: »Ja, auch ich habe ihm geholfen. Ich gab ihm die P8, die Waffe.«

Er wusste nicht, wie tief sie Kenntnisse von den Geschehnissen hatte, aber er fügte erklärend hinzu: »Ich habe die Waffe damals entwendet und habe mit einem Freund falsche Hülsen und Kugeln hinterlegt, und dafür gesorgt, dass diese nach dem Diebstahl als Spuren gefunden wurden. Diese Waffe war ein Andenken und eine Absicherung dachte ich damals. Ich gab sie Tom vor einiger Zeit, als er mich darum bat. Was gedenkst Du jetzt zu tun?«

Rachiel wirkte ungewohnt nachdenklich.

»Hm, vieles wird gleich bleiben, manches sich ändern. Jeden neuen Zeitpunkt im Leben verändern wir Menschen uns. In Kürze gebe ich meine Dissertation ab und habe die Psychologie an der Uni damit endlich abgeschlossen. Vielleicht lege ich nach und versuche an einer Professur zu arbeiten. Ich weiß nicht, was ich will.«

»Ich weiß dafür von Deiner Freundin.«

Sie schaute überrascht, während er weiter sprach: »Deine Freundin, die Dir die Wohnung zur Verfügung stellt, weil das für sie die einzige Möglichkeit ist, so viel von Dir zu sehen. Sie ist die Professorin, die Deine Dissertation betreut.«

»Du hast es bereits in dem Club gewusst?«, sie wartete nicht auf eine Antwort, »Du hast sie darauf angesprochen, nicht wahr? Deshalb war sie plötzlich so überrascht, nachdem Du geflüstert hattest.«

»Menschen, die manipulieren, sind oft frappiert wenn sie feststellen müssen, dass jemand hinter die Kulisse blickt«, referierte Richard.

Sie nickte. Wieder Stille.

»Und weißt Du, wie Tom es geschehen ließ?«, fragte sie mit einem interessierten Blick.

Richard wandte ihr den Kopf zu und lächelte sie an: »Ja. Heute in der Uni habe ich das Rätsel gelöst. Es ist ganz einfach.«

Sie schaute unwissend zurück. Mord, Selbstmord. Vielleicht würde das *Wer* und *Warum* verschwimmen, aber nicht das *Wie*. Das Wie war wichtig, es musste geklärt werden, damit die anderen Fragen ein Ende hatten. Er starrte in die Ferne als er meinte: »Die Antwort ergibt sich aus der Frage, warum ein Sprachwissenschaftler zurück zur E-Technik kommt.«

50.

Henricksen erklomm ein letztes Mal die Stufen, Brenninger hinter sich. Er schloss die Tür im Treppenhaus auf, und sie gingen weiter zur Wohnungstür. Als sie das Quartier der WG betraten, hielten beide einen Augenblick inne.

»Wenn wir sie jetzt finden, ist der Fall abgeschlossen«, bemerkte Brenninger mit einem Seitenblick auf Henricksen.

»Ja, wir haben den Brief mit Geständnis von Baumgartner. Damit ist alles geklärt. Selbst Richard Krüger hatte Recht mit dem zweiten Manuskript.«

Henricksen ging neugierig den Flur entlang. Die letzte Anspannung vor dem Ende der Jagd ließ sein Herz pochen.

»Aber ich verstehe nicht, warum das alles. Warum diese Sache mit Mord bei einem Selbstmord?«, fragte Brenninger.

»Es gibt einen Grund dafür einen Menschen zu ermorden, der Selbsttötung begehen will«, Henricksen verwendete die Formulierung Selbsttötung Brenninger zu liebe, er verspürte immer noch Reue wegen ihrer Debatte.

»Einen Grund, der über Hass und den Willen, es ihm unbedingt selbst an zu tun, hinausgeht.«

Brenninger sah auf Henricksen hinab, der sich am Ende des Flures hinkniete, nachdem er den Vorhang zur Abstellnische im Flur zur Seite gezogen hatte. Er dozierte weiter, als er sich Plastikhandschuhe überzog.

»Der Grund besteht aus den unterschiedlichen Konsequenzen. Was wäre bei einem Selbstmord geschehen?«

»Wir hätten den Fall schneller abgeschlossen«, scherzte Brenninger.

»Genau. Und bei einem Mord?«, erwiderte Henricksen ernst.

»Äh«, Brenninger brauchte einen Augenblick um zu verstehen, dass es seinem Partner ernst war:

»Wir ermitteln?«, presste er die Antwort heraus.

»Ja, die Ermittlung war der Grund. Wir sollten ermitteln und Richard Krüger letztlich verhaften. Das war Toms letzter Wille. Seine Inszenierung.«

»Ich verstehe aber immer noch nicht ...«

Henricksen stoppte ihn mit einer Handbewegung und redete weiter, während er sich dem Staubsauger zuwandte: »Sein Geschenk für Richard, seine Hinterlassenschaft. Wir haben ihn wegen Mordes verhaftet, teils aufgrund eines Manuskriptes von Krüger. Morgen sind die Zeitungen voll davon. Die schnellere Presse berichtet bereits heute. Er wird dieses Buch veröffentlichen können, es wird gelesen werden. Mehr hätte Tom einem Schriftsteller nicht schenken können. Daher der Selbstmord. Daher der Mord. Das alles hat unser Opfer ausgiebig geplant. Am Ende musste Krüger wieder entlastet werden. Somit wurde aus einem Selbstmord Mord und wieder Selbstmord. Und hier ist der Beweis, zusätzlich zu dem Brief von Baumgartner der vorhin eintraf. Er muss es präzise konstruiert haben, alles genau kalkuliert, damit er und das Ding sich an der richtigen Stelle befanden, so dass die Kugel in ihm stecken blieb. Er hatte sich wahrscheinlich leicht nach vorne gebeugt, damit wir nicht bemerkten, dass der Schuss von unten kam.«

Henricksen hielt den Schlauch vom Staubsauger hoch, er hatte ihn vorsichtig abmontiert. Brenninger bemerkte ein ca. ein Zentimeter großes Loch in den Falten des Schlauches am Ansatz. Henricksen leuchtete in die Öffnung des

Staubsaugers und sah den kalten Stahl. Hier war die P8 verborgen. Zumindest der Lauf. Tom hatte nicht den Tod per Strick geplant, er hatte sich erschossen. Der Lauf der P8 hatte aus dem Loch am Schlauch geschaut, die Elektronik, welche weiter hinten verborgen war, hatte den Schuss zu einem bestimmten Zeitpunkt ausgelöst. Tom selbst hatte vorher alle Spuren in der Wohnung beseitigt. Der Rückschlag hatte den Lauf tiefer in den Staubsauger befördert, so dass er nicht mehr durch den Schlauch schaute.

Und der Rest war Studium. Toms erstes Studium. Der umgebaute Staubsauger war zurück an dem ihm zugeordneten Platz in der Wohnung gefahren. Die Spurensicherung hatte natürlich den Staubsaugerbeutel entnommen und durchsucht, aber niemand hatte Robotik in dem Haushaltsgerät erwartet. Und das die primäre Funktion eines Staubsaugers außer Betrieb gesetzt war, wäre erst wieder am Putztag aufgefallen. Und diese WG hatte immer nur einmal in Monat einen solchen Tag.

»Ruf die Spurensicherung an, damit wir diesen Fall abschließen können. Ich wette die Seriennummer ist weggefeilt. Und die Herkunft der Waffe wird auf immer ein Rätsel bleiben«, resignierte Henricksen, der für sich mit dem Fall abgeschlossen hatte. Es war ihm nicht mehr wichtig. Jetzt würde der Ruhestand kommen, und dies war lediglich eine Ermittlung in seiner Laufbahn. Natürlich hatte er Fragen und wusste, dass es Facetten gab, die im Dunkeln lagen, selbst wenn jetzt das Licht scheinbar auf sie leuchtete. Aber er wusste auch, wann man eine Akte versiegeln musste und offiziell keine offenen Fragen mehr vorhanden waren. Dies war jetzt der Fall. Die Geschichte war beendet. Keine fortlaufende Ermittlung wäre jetzt von Erfolg gekrönt.

51.

Richard schloss die Wohnungstür hinter sich. Nachdem Rachiel ihn zurück zur Innenstadt begleitet hatte, war er allein umhergeschlendert. Er wollte nicht direkt zurück zur Wohnung und vermutlich auf die Polizei treffen, er brauchte Zeit für sich. Lange hatte er an die schönen Zeiten mit Tom gedacht, die schlechten Erlebnisse nicht verdrängt – sie waren geklärt. Rachiel würde sich später bei ihm melden. Sie hatten sich ohne konkret zu werden verabredet, kein Zeitpunkt, kein Ort, was bedeutete, dass sie sich spontan sehen würden. Rachiel hatte ihm einen anregenden Kuss und ein Augenzwinkern geschenkt. Nach einem langen einsamen Spaziergang war er heimgekehrt.

Heim, dass war der Ort an dem er lebte. Hier in der ehemaligen gemeinsamen Wohnung. Dort fühlte er sich wohl. Richard wusste nicht, was die Zukunft bringen würde. Er fühlte sich an einem Gabelpunkt, in mehrerer Hinsicht und hatte keine Entscheidung getroffen, welchen Weg er zu wählen gedachte. Bloß einen Beschluss hatte er bereits gefasst: er hatte diese Entscheidung vertagt. Wenn man sich unsicher war, sollte man abwarten, denn es ist schlimm etwas zu leben, hinter dem man nicht steht. Er war bereit den Dingen zu harren, die fortan auf ihn zukommen würden. Er fühlte sich stark genug sie freudig zu erwarten.

Tom war für ihn gestorben. Als Opfer. Sein bester Freund. Niemand hatte ihm jemals in Freundschaft so nahe gestanden, wie sein Vertrauter bereits in der Schulzeit. Er sollte unsterblich werden, das Gedenken an ihn überdauern, in dem er permanent festgehalten wurde. Richard würde den

Namen ändern, die Kulissen permutieren, aber den Kern in Pergament brennen mit der Leidenschaft der Worte. Das war er Tom nicht schuldig. Schuld war die falsche Bezeichnung. Sie standen in Freundschaft, und da existierte Schuld nicht als Anlass. Es war seine Pflicht als Freund. Sein Liebesakt.

Jetzt schritt Richard durch die WG und überlegte, wie einsam er hier allein sein würde. Das Siegel an Toms Tür war entfernt; er stieß sie mit einem Fuß an, und sie glitt auf. Toms Zimmer. Er lächelte als er sich umschaute, den Blutfleck ignorierend. Alles war wie früher, als würde Tom hier weiterhin leben. Einige Tage würde er hier nichts verändern, nahm er sich vor. Bald würde er mit der Presse sprechen. Sein Handy klingelte bereits ständig, seitdem Henricksen die Verhaftung zurückgezogen hatte. Er hatte den Ton ausgestellt. Jetzt zog er es hervor, 53 Anrufe in Abwesenheit. Richard überflog die Nummern, ein paar Bekannte, Verwandte, einige neue Nummern. Er verspürte keine Lust zurück zu rufen. Kurzmitteilungen lagen auch vor, Benachrichtigungen seiner Mailbox, die würde er ohnehin nicht abhören. Zumindest nicht heute. Doch eine SMS stieß auf sein Interesse, weil sie sich freundlich nach ihm erkundigte. Er ging ins Wohnzimmer und schaute aus den Erkerfenstern im Dämmerlicht auf die Brückstrasse hinunter, während er das Handy ans Ohr hielt. Er wusste jetzt auch, warum er Sonja treffen sollte. Er sollte begreifen, dass es Frauen gab, die Tom nicht verfallen waren, mindestens eine. Er wusste nicht, welche Rolle sie im Vergleich zu anderen in seinem Roman spielen würde, aber von nichts lässt sich besser abstrahieren als von der Wirklichkeit, daher galt es dies heraus zu finden. Davon abgesehen, selbst wenn er nicht wusste, was in der Realität ab jetzt passieren würde und wenn niemand wahrhaft wusste, was bis jetzt geschehen war: er schrieb diese Geschichte, bestimmte welche Version unter welchem Namen er veröffentlichen würde und legte damit ihren Verlauf fest, und was sie an Wahrheiten enthielt. Denn er war der Schriftsteller und somit der Autor der Wirklichkeit. Denn was geschrieben steht ist wahr, oder?

»Hi, hier ist Richard, wieder in Freiheit. Magst Du vielleicht, ich meine, hättest Du Lust mich weiter kennen zu lernen und Essen zu tauschen?«

<http://www.oliver-szymanski.de>

WEITERE ROMANE:

AUS DER REIHE: DER DEUTSCHE
NYC 9.11. Der Plan danach
Der Deutsche Erbe (in Arbeit)

AUS DER REIHE: UNDERWORLD'S CHILDREN
Nacirons Vampire: Sakrileg
Nacirons Vampire: Blutlinie (erscheint in Kürze)

AUS DER REIHE: EUROPEAN DIVISION
Tote Träumer (erscheint in Kürze)